字典不能教你的英文超新詞

英文超新詞

英屬維京群島商高寶國際有限公司台灣分公司

高寶國際集團

General Language 003

字典不能教你的—英文超新詞

作　　者：黃玟君

編　　輯：蘇芳毓

校　　對：黃玟君、楊惠琪、李欣蓉

出 版 者：英屬維京群島商高寶國際有限公司台灣分公司

　　　　　Global Group Holdings, Ltd.

聯絡地址：台北市內湖區新明路174巷15號1樓

網　　址：www.sitak.com.tw

E- mail ：readers@sitak.com.tw（讀者服務部）

　　　　　pr@sitak.com.tw（公關諮詢部）

電　　話：(02) 27911197　27918621

電　　傳：出版部(02) 27955824　行銷部（02）27955825

郵政劃撥：19394552

戶　　名：英屬維京群島商高寶國際有限公司台灣分公司

初版日期：2005年9月

發　　行：希代書版集團發行/Printed in Taiwan

國家圖書館出版品預行編目資料

字典不能教你的—英文超新詞/—黃玟君著. —— 臺北市 ：高
寶國際出版 ：
希代發行，2005[民94]
面 ； 公分. — (General Language ; 3)
ISBN 986-7323-70-X(平裝)
1. 英國語言 – 詞彙
　　805.12　　　　　　　　　　　　　　94014972

重新喚起你
對英文的熱情

十幾年的媒體工作中，不能說沒有英文溝通的機會，但是一旦碰上用英語的重要採訪，總還是覺得心虛，學生時代的英語能力好像隨著工作時間一年年的消退。

在這個國際化的時代，我當然知道英語已經是一項必須熟悉使用的常備工具，於是我這忙碌的上班族也嘗試過不同的學習管道，看英文報紙或網站常常沒有耐心、參加英語補習班又很難指定我想要學習的內容，也曾請過昂貴的一對一家教，直到我在廣播節目中跟玟君合作「時事英語」單元，才發覺找到了真正最有效率且有趣的方法！

玟君的教學內容既有趣又實用，不管是對初學者、英語熟悉者或是對於已經有一些英文底子卻疏於練習的上班族，她的內容都有直接佔據腦袋的魔力。比如說，介紹「oxygen bar」（氧氣吧）這個新詞，她是這樣描述的，讓人覺得既新鮮又有知識性：

以前在美國，很多員工在一整天辛勤的工作後，都會跟同事說「Let's meet up at the bar！」（我們在酒吧碰頭！）不過，在21世紀的今天，這個 bar 可能「此 bar 非彼 bar」，指的是 oxygen bar 的 bar！

這本書還有許多結合當代潮流與流行文化的新詞在書中等待你來挖掘，像是 tanorexia（日曬狂熱）、grazing diet（少量多餐飲食法）、在理財上常常被提出的 latte factor（拿鐵因素）、旅遊用餐不得不知道的 fusion food（無國界菜式；融合菜式）等等，每一篇都像在讀一篇有趣的最新報導，既實用又時尚，很快地就想把整本書看完。

重新喚起你對英文的興趣與熱情吧！就從這本書開始！

前 TVBS、年代電視台主播，ic 之音廣播電台主持人

馬度芸

有趣又有效的
英文學習路

　　認識玟君老師應是在1994年她剛取得碩士學位回台灣，開始在大學任教的同時，也在我服務的美語中心擔任托福聽力的授課老師，當時她非常受到學生喜愛。

　　沒幾年，玟君決定出國攻讀博士學位，進入學術的領域。她是一位聰明用功，且懂得學習方法的好學生、好老師、好學者。僅僅以三年的時間就取得一般需要五到六年才可能完成的博士學位。效率之高，令人欽佩。

　　玟君目前在台灣技職教育的最高學府——台灣科技大學應用外語學系擔任專職助理教授，課餘並積極參與各項學術研討活動，同時也提筆寫作，將她的英文學習心得分享給學術圈外的普羅大眾。

　　玟君不但英文造詣好，由於她是台大中文系畢業的高材生，中文亦是學養豐厚。以此背景書寫英文學習著作，自是令人引頸企盼。承蒙她的看重，邀我為她的新著《字典不能教你的一英文超新詞》寫幾句話。我拜讀完之後，非常驚訝她竟能在如此短的時間內，整理出這麼豐富而有趣的新詞與新詞背景解釋。由於她的博士論文主題為文化研究，故她個人對東西文化之差異非常敏感，舉凡食、衣、住、行、育樂、政治、兩性等議題，信手拈來皆文章，讀之趣味橫溢，並可大幅增添對英文學習的親切感。

　　玟君作為一位專業的教學者，而願意花費許多時間來書寫大眾著作，毋寧令人感佩其立言之熱忱。讀者一定會從其不斷接續的著作中，看到她為台灣讀者開出一條既有趣又有效的學習之路！

經典傳訊集團發行人

黃智成

■■■ 出版緣起

我的第一、二本書《用英文不用學英文》Part 1、Part 2 在去年上市後，受到許多熱烈的迴響。許多讀者告訴我，Part 1 中有關英文「新詞」的介紹精彩萬分，只可惜篇幅太少。因此在《字典不能教你的－英文超新詞》這一系列的書中，我將全力為讀者介紹現今最流行的英文新詞，希望藉此彌補讀者當初欲罷不能的缺憾。最重要的，也期許大家在不久的將來都能成為與時俱進的國際人！

■■■ 關於本書

American Dialect Society（美國方言協會）每年都會在其年會上評選過去一年中，美國人談論最多的字或詞。今年（2005）剛出爐、熱騰騰的 2004 Word of the Year（2004 年年度風雲單字）便是 red state, blue state, purple state（紅州、藍州、紫州）。

根據美國方言協會的說法，這個詞其實代表了美國的政治地圖（a representation of the American political map）。為什麼呢？因為紅色代表親共和黨的州，藍色代表親民主黨的州，而紫色則代表共和黨和民主黨支持率旗鼓相當的州。這個詞的獲選，反映出美國 2004 年總統大選的全民狂熱。無獨有偶，台灣也在 2004 年來了一場「世紀大選」，「泛藍」（pan-blue alliance）與「泛綠」（pan-green alliance）的壁壘分明，對應美國的紅、藍、紫，倒也顯得繽紛燦爛、多采多姿！

事實上，美國方言學會自 1990 年起便開始蒐集、公布年度最流行的單字，而從往年所選出來的「年度風雲單字」，我們可以一探世界（尤其是美國）的政治、經濟、社會、文化等潮流。例如 1993、94、95、及 97、98、99 年的「年度風雲單字」都與科技的進步有關：93 年的單字為 information superhighway（資訊高速公路）、94 年為 cyber（網路；或與電腦及電子

通訊相關的字彙）、95 年為 web（網路）、97 年為 millennium bug（千禧蟲）、98 年為 e-（e- 開頭的相關字，如 e-commerce「電子商務」）、99 年為 Y2K。

到了 2000 年，因為當年適逢美國總統大選選票爭議，所以該年的「年度風雲單字」便成為 chad（「屑屑」；即打孔機從選票上打掉的小紙片）。2001 年美國遭逢 911 恐怖攻擊，因此該年的「年度風雲單字」便是 9-11；2002 年因為美國攻伊，因此「年度風雲單字」為 weapons of mass destruction（WMD；大規模毀滅性武器）。2003 年的風雲單字就比較有趣，是 metrosexual（「都會性別人」；指的是注重外表，經常將自己修飾得乾淨體面，對選擇保養品、香水、或服飾有獨特品味的都會男性），與流行文化有關，比較不會硬梆梆。沒想到好景不常，到了 2004 年，風雲單字又回到政治味濃厚的選舉詞彙！（註：想要知道 2003 及 2004 年 American Dialect Society 選出的其他新詞，請參考附錄一；American Dialect Society 以下簡稱 ADS）

看到這裡，你可別以為只有 ADS 選出來的字才具有時代感哦！2003 年第11版、也就是最新版的 Merriam-Webster's Collegiate Dictionary（韋氏字典），比起其十年前出版的第十版，總共增加了一萬個新的字彙。這本具有百年以上出版歷史、全球最暢銷的字典，所增加的這些新字，多與科技、健康及青少年俚語有關，其中又有1/3是和高齡化的社會現象有關。由此可知，過去十年科技躍進、網路興盛；社會、國際情勢的改變之快，連字典都不落人後！

《字典不能教你的─英文超新詞》這套書蒐集了許多近幾年來在英文世界廣為流傳的、最 in、最火紅的新詞，內容包羅萬象，橫跨科技、經濟、政治、國際、環保、藝術、文化、娛樂等領域，而且我在每個新詞後也附上實用的例句，幫助讀者對這些新詞的用法有更深入的瞭解。對喜歡追求新知、拓展國際視野、成為「地球村公民」的你而言，這將是本不可或缺的寶典！

目錄 CONTENTS

3 ♣ 最新娛樂報你知─休閒遊憩篇

4 ♣ 不可不知的新文化─社會萬象篇

目錄 CONTENTS

CHAPTER 1

輸人不輸陣
流行時尚篇

nip tuck / nip and tuck（n. 整型手術）

　　我們都知道，「整型手術」的英文是 plastic surgery，那什麼是 nip tuck？nip tuck 的原意是 cut something off and stuff something back（切掉一些東西，補進一些東西），指的就是時下最流行的 liposuction（抽脂）、打 Hyaluronic Acid（玻尿酸）等挖挖補補的手術，因此 nip tuck 可說是 plastic surgery 這個廣義的「整型手術」中的一部份，現在也成為「新形整型手術」的代名詞。

　　nip tuck 這個詞開始大量流行，起因於這兩年美國一個名為 Nip/Tuck 的熱門電視影集，這部影集主要描寫佛羅里達州兩個整形醫師的生活點滴與工作遭遇，因為場景發生處多在兩人合開的整型診所，所以裡面不乏整過型的美女，也因此再度帶動了美國漸已流行的整型話題。Nip/Tuck 還拿下了第六十二屆金球獎電視劇情類中的最佳影集，最近剛剛在台灣上演，譯名為「整型春秋」。

　　在美國的各大媒體標題，這幾年也紛紛用 nip tuck 來形容整型熱，例如："Nip, Tuck Boom: Cosmetic Surgeries Up 32 Percent in U.S. in 2003"（整型熱潮：在2003年，美國的美容整型手術較之前上升32%）

　　根據「美國整型醫師學會」（American Society of Plastic Surgeons, 簡稱 ASPS）的統計，在2002年有660萬美國人動了各種不同類型的整型手術；到了2003年，此數字又比2002年高出32%！

　　至於哪些明星是大家整型時所追求的「終極目標」呢？根據

「比佛利山莊美學與重建手術機構」（the Beverly Hills Institute of Aesthetic and Reconstructive Surgery）2003年對其「患者」所做的調查顯示，美國女人的美容典型是：Nicole's nose, Catherine's eyes, and Angelina's lips（妮可・基嫚的鼻子、凱薩琳・麗塔・瓊斯的眼睛、以及安潔莉娜・裘莉的嘴唇）！嗯……，如果換作是台灣，這份調查不知會不會變成林志玲的鼻子、蔡依林的眼睛、以及蕭薔的嘴唇？

例　句

❖ That has to be a nip tuck; they were HUGE!
　那（指「女生的胸部」）肯定是整過型；它們好大！

❖ Media portrayals of plastic surgery have sent the message that any road bump in life can be solved through a simple nip and tuck.
　媒體描繪的整型手術所傳達的訊息是，只要藉由一個簡單的整型手術，生命中的任何困難與阻礙都可以迎刃而解。

延伸單字

*nip tuck	(n.)	[nɪp tʌk]	整型手術
*plastic surgery	(n.)	[ˋplæstɪk ˏsɝdʒərɪ]	整型手術
*surgeon	(n.)	[ˋsɝdʒən]	整型醫生
*liposuction	(n.)	[ˋlɪpə ˏsʌkʃən]	抽脂
*Hyaluronic Acid	(n.)		玻尿酸

surgiholic / plastic surgiholic
（n. 整型上癮的人）

surgiholic 這個字是由 surgery（整型手術）+ -aholic（對⋯⋯上癮）而來。英文裡有個字叫 alcoholic，指的是「酗酒者；酒鬼」，根據這個字，有人就創了 workaholic 來形容工作上癮的人（工作狂），以及 chocoholic 來形容嗜吃巧克力的人，而在美容整型盛行的今天，人們也如法炮製，創造 surgiholic 這個新詞來形容那些整型整上癮的人。

其實整型風如此盛行，與大眾媒體的推波助瀾有很大的關係。除了我們之前提過的最新熱門影集 Nip/Tuck，在美國還有許多reality TV（真人秀）節目，例如ABC電視台的 "Extreme Makeover"（極度改造）、MTV 台的 "I Want A Famous Face"（我想要一張明星臉）、以及 Fox 電視台的 "The Swan"（天鵝）⋯⋯等，都是以美容整型為號召，將一些自覺醜陋的男男女女找來節目中，給他們來個徹底的整容或改造，甚至在事後舉辦人工美女（男）的選美比賽，這似乎告訴觀眾，要從「滿臉花」到「一枝花」，再也不是件難事！

一個人之所以會成為 surgiholic，其原因通常有二：（一）美還要更美，沒有從頭整到腳誓不罷休。（二）之前的整型手術失敗，必須來來回回一直整（據說台灣的整型女王顧婕便是如此）。有人說，surgiholic 不是愛慕虛榮就是缺乏自信，不過我認為，如果一個人可以藉由整型變得自信又快樂，那旁人何必置喙？

講了半天，你或許會問，那現在最流行的整型手術有哪些？

當然，除了傳統的 breast enhancement（隆乳；又稱 breast augmentation，俗稱 boob job）、liposuction（抽脂）、face lift（拉皮）等，現在流行的還有 butt implant（隆臀）、botox injection（肉毒桿菌注射）、face peel（換膚；又稱 chemical peel）、collagen injection（膠原蛋白注射）、laser hair-removal（雷射除毛）、eyelid surgery（拉眼皮手術）等等，林林總總，真可說是「世界奇觀」啊！另外，在台灣，很多人喜歡隆鼻，但在美國，因為大家的鼻子都不太塌，所以流行的是改造醜鼻型的 nose reshaping（重塑鼻型；或稱 nose op）。還有，美國人的 eyelid surgery 指的並不是割雙眼皮哦（因為他們早有雙眼皮了啦），而是將下垂的眼皮往上拉。

例 句

❖ She's done a boob job, butt implant, face lift, and now she's getting a nose op--she's definitely a surgiholic!

她已經作了隆乳、隆臀、換膚手術，現在又要作鼻子手術——她真是個整型整上癮的人！

延伸單字

* surgiholic	(n.)	[sɝdʒɪˋholɪk]	整型上癮的人
* alcoholic	(n.)	[͵ælkəˋholɪk]	酗酒者；酒鬼
* chocoholic	(n.)	[tʃɔkəˋholɪk]	嗜吃巧克力的人
* face peel	(n.)	[fes pil]	換膚
* face lift	(n.)	[fes lɪft]	拉皮
* collagen injection	(n.)	[kɑlədʒən ɪnˋdʒɛkʃən]	膠原蛋白注射

botox party （n. 肉毒桿菌聚會）

（入選2002年 ADS 「最奇特單字」）

現代人花樣多，開 party 都要找些新鮮的主題，而台灣人愛好「夜生活」舉世聞名，home party（轟趴）、foam party（泡沫舞會）、costume party（化妝舞會）、uniform party（制服派對）……對許多人來說就像家常便飯。不過你可曾聽過一種叫做 botox party 的新型派對？

botox party 是一種集會的場合，不過你可不要看到 party 這個字，就以為是什麼年輕人狂歡或狂飲的舞會哦！事實上，參加這種 party 的人年紀都不輕，也不見得喜歡狂歡狂飲，大家的目的只有一個，那就是「變年輕」。在 botox party 中，整型醫生會到現場幫大家施打「肉毒桿菌」（botox；由 botulinum toxin 而來），因此 botox party 的與會者常出現「進門是老婦，出門變少婦」的靈異事件。

大家都知道，注射肉毒桿菌的目的在於減少臉部皺紋，手術過程只需幾分鐘，不怎麼疼痛、傷口也只有針孔大小，加上幾乎沒啥 recovery period（恢復期），因此在美國及世界各地已蔚為風潮。很多上班族女性更是趁著中午吃飯的空檔相約到醫院注射 botox，等下午回公司時，馬上年輕十幾歲！

你或許很好奇這些 botox party 是如何「組織」起來的？其實在美國，女性同胞間只要隨便問一問，便很容易可以知道 botox party 的消息。這種 party 通常備有許多吃的喝的，不過主角當然是

那位整型醫師，他（她）到達後，會請大家填一張 waiver （手術同意書），然後在會場（可能是某人的房子）的某個房間內一一為與會者注射 botox。你或許會覺得參加 botox party 會使你的美容祕密曝光，不過很多人其實寧可參加 botox party，也不願偷偷摸摸去 clinic （診所），因為這樣比較有「同樂會」的氣氛，不像「上醫院」一樣令人感到緊張；而且一群人一起進行還有 group discount （團體折扣）。怎樣，夠誇張吧！

當然，並不是所有的 botox party 都是在某人的家裡舉行，有時候一群姊妹淘也可能相約去度個假，然後在當地開個 botox party，反正只要能湊到一群人，大家分擔費用，便可以大大方方舉行 botox party 了！

其實 botox party 的名稱是從美國婦女間流傳已久的 Tupperware party 而來。Tupperware party 就是「保鮮盒或鍋碗瓢盆的直銷會」，由直銷人員在自家舉辦 party，準備一些小點心，邀請左右鄰居及好友與會，目的除了賣產品，還有 social （社交的；聯誼性的）功用。我在美國就被朋友抓去參加過兩次呢！有人因此戲稱 botox party 為「21 世紀的 Tupperware party」。

例　句

❖ Botox injection is a fast, fairly painless, and effective way to get rid of wrinkles--for a while.

肉毒桿菌注射是一種既迅速、不太痛、又很有效的除皺方法──至少一陣子有效。

❖ One purpose of the botox party is to save money--
botulinum toxin has a very short shelf life, and buying it
in bulk cuts costs for each patient.

「肉毒桿菌聚會」的一個目的是為了省錢──肉毒桿菌的保
存期（或有效期）非常短，大量買下來（再平分）可以節省
每個病人的錢。

延伸單字

＊botox party （n.）［`botaks`partɪ］　肉毒桿菌聚會

＊waiver （n.）［`wevɚ］　手術同意書

＊clinic （n.）［`klɪnɪk］　診所

＊Tupperware party （n.）［`tʌpɚ‚wɛr`partɪ］
保鮮盒或鍋碗瓢盆的直銷會

manscaping（n. 男性體毛修剪）
manscape（v. 修剪男性的體毛）

（入圍2003年 ADS「最有創意單字」）

男性讀者唸到這個字時，身體是否不自覺地顫抖了一下：咦，修剪體毛向來是女性同胞的事，什麼時候開始連男人也都得「光溜溜」了？

manscaping 是由 man（男人）+ landscaping（景觀設計）而來，指的是將男生身上的體毛（胸毛、鬍子、背毛、腿毛、手毛、甚至私處的毛等）做一番精細巧妙的修剪。你可別以為這是什麼虐待狂所發明出來的酷刑哦，其實 manscaping 就是 shaving（刮毛）或 waxing（上蠟脫毛）的另一種花式說法。

manscaping 這個有趣的新詞是由目前在美國十分受歡迎的一個電視節目而來的： "Queer Eye for the Straight Guy"。這個節目幾年前開始在美國 Bravo 頻道播出，由五個各具專長的同性戀男生每週找一位邋遢的異性戀男來作 makeover（改造），順道把他的居家環境、生活品味、作菜技巧等一併大大提升，讓這些「邋遢醜男」在短短一天內變成「酷形美男」！

這個節目在台灣被翻譯成「酷男的異想世界」，現於 Discovery Travel & Living Channel（旅遊生活頻道）播出，是我每個星期必收看的節目之一，因為這節目不僅好笑到不行，觀眾還可以從中學習到許多精緻的生活之道及流行資訊。最重要的，要想跟得上時代，這裡面所使用的語言（包括同性戀專用語言）絕對不能錯過！這五位「酷男」分別是專精服飾時尚的 Carson、專精身形保養的

Kyan、專精文化內涵的 Jai、專精室內設計的 Thom、以及專精美酒佳餚的 Ted。

據說許多同性戀男性已遵循 manscaping 多年，只是藉由「酷男的異想世界」無遠弗屆地傳播後，有越來越多的 straight guys（異性戀男）也開始嘗試此道，往 metrosexual（都會性別人，請參考《用英文不用學英文》Part I 第一章）的形象靠攏，使得 gender roles keep getting blurrier and blurrier（男女性別的界線越來越模糊）！

根據 American Salon（美國沙龍月刊）主編 Robbin McClain 的說法，waxing 或 manscaping「只不過是男人繼作臉、修指甲、修趾甲、染頭髮、噴日曬褐色膏、打肉毒桿菌……所增加的一種傳統上認為是女人的專利罷了」("... is simply another service men are now exploring--along with facials, manicures, pedicures, hair coloring, spray-on tanning, Botox, and many other services traditionally associated with women...")，大家真的不需想太多！

你或許會問：美國男人不是很以自己的「毛手毛腳」及多毛的胸膛為傲嗎？事實上，這樣的觀念在許多大都會區早已改變，現在的風潮是如健美先生般光滑的胸膛、穿衣服不會露出毛的背部及頸部、沒有鬍渣的下巴、甚至乾淨清爽的某些「看不見」的部位呢！

❖ Ryan has more hair on his back than on his head; he really needs some serious manscaping!

萊恩背部的毛比他頭上的毛還多；他真的需要來個重大的「體毛修剪」！

延伸單字

＊landscaping	(n.)	[ˋlæn͵skepɪŋ]	景觀設計
＊shaving	(n.)	[ˋʃevɪŋ]	刮毛
＊waxing	(n.)	[wæksɪŋ]	上蠟脫毛
＊spray-on tanning	(n.)		噴日曬褐色膏
＊straight guy	(n.)	[stretˋgaɪ]	異性戀男

zhuzh / tjuzs / zhoozh（v. 打點衣著或頭髮，使之具流行感）

（入圍2003年 ADS「年度風雲單字」）

說起 zhuzh / tjuzs / zhoozh 這些字，也是從我們之前說的電視節目 Queer Eye for the Straight Guy（酷男的異想世界）開始流行起來的。

zhuzh / tjuzs / zhoozh 是個「擬聲字」（這就是為什麼它的拼法有這麼多種），這個字通常與 up 連用，變成 zhuzh up，籠統的意思就是「讓……更飽滿、蓬鬆、有型」（to plump up, fluff up, or primp），所以它可以用在一個人梳理頭髮時，讓頭髮更飽滿有型，也可以用在一個人穿衣服時，把讓自己的穿著打扮更 fashionable（具流行感）。例如 The Fab 5（「酷男的異想世界」五位酷男的封號）之一的 Carson 就常常說：You can zhuzh it up for tonight's special occasion.（你可以把衣服的袖子捲起，造成很隨意的美感，使之符合今晚的特別場合）；另一位酷男 Kyan 也常說：When you apply the mousse, make sure you zhuzh it up from the back to the front.（當你頭髮抹慕絲時，別忘了從頭的後面往前面抹，讓它有點亂亂的美感。）

你或許會問：為什麼要發出 zhuzh 這種奇怪的音呢？據說這是因為一個字若是由 zh /z/ 這種音起頭，聽起來就很有異國情調、尤其是法國情調；而眾所周知，法國口音通常令人聯想到美感、時尚等等，自然令沒啥文化的美國人愛不釋手啦！不過，也由於 zhuzh 這樣的音有點「娘」，所以自認為很「雄性」的美國男人是不屑說

出口的。想想看，這個字若是由硬漢 Nicolas Cage（尼可拉斯‧凱吉）嘴裡說出，會有多麼詭異！

the Fab 5 專業詼諧的作風，經由強大的媒體力量，將紐約大都會的同性戀形象放送到美國各地、甚至全世界，對同性戀的形象反而有很正面的影響。不過我個人覺得，the Fab 5 最大的貢獻是讓那些平日懶散邋遢慣了、卻還沾沾自喜的「男子漢」知道，其實把自己打點得 respectable（見得了人、上得了檯面）並不是件困難的事；甚至，照顧好自己的外表也不是件什麼丟臉的事！

例　句

❖ If you want to look more hip, make sure to zhuzh your sleeves up.

如果你想看起來更時髦，別忘了將你的衣袖捲起來。

延 伸 單 字

＊plump up　[plʌmp ʌp]　使⋯⋯飽滿	
＊fluff up　[flʌf ʌp]　使⋯⋯蓬鬆	
＊primp　(v.)　[prɪmp]　打扮	
＊respectable　(adj.)　[rɪˋspɛktəbl]　見得了人、上得了檯面	
＊hip　(adj.)　[hɪp]　時髦的；嬉皮的	

wardrobe malfunction （n. 衣服故障）

（入圍2004年 ADS「年度風雲單字」）

wardrobe 這個字指的是「衣服；衣櫃」，malfunction 則是「故障」之意，兩個字合起來是笑稱一個人身體某個部位的「意外」暴露。這個詞非常的新，之所以被「發明」出來，說來還要感謝美國流行樂女星 Janet Jackson（珍娜‧傑克森）在2004年的 Super Bowl（美式足球超級盃）中場演唱時「不小心」露出右乳的事件。話說當天與她搭檔表演的 Justin Timberlake（賈斯汀；小甜甜布藍妮的前男友）在演唱中途根據事先安排的橋段，伸手扯破珍姐的右胸罩，沒想到竟意外地使「珍奶」（注意：此「珍奶」並非「珍珠奶茶」的縮寫喔）蹦出，不僅嚇壞現場觀眾，也害得超級盃的電視轉播當場中斷了好幾秒。經過此次 wardrobe malfunction 事件，美國規定以後類似的現場轉播表演節目都必須故意晚個幾秒鐘播出，以免「珍奶事件」重演。而伸出「祿山之爪」的賈斯汀事後還被迫為此發表了一段聲明（見例句）呢！

不過 wardrobe malfunction 經過這段時間的流傳，現在也指下列這幾個意思：

✜ 穿衣服時不看天氣（例如：在天氣很冷的時候穿小可愛、在大熱天圍圍巾、在下雨天穿件白長褲等）

✜ 衣服中某個部分不搭調或沒有美感（例如：穿半透明的白色蕾絲小上衣，裡面卻穿件紅內衣、在非聖誕節期間穿著紅上衣、綠褲子，打扮得像棵聖誕樹等）

✲ 穿梆（例如忘了拉褲子的拉鍊、穿熱褲時內褲跑出來等）

注意：以上這幾點 wardrobe malfunction 是根據 LKK 的想法而來，對於新新人類而言根本不算什麼，因為您只要往西門町一站，放眼望去四處都是內衣外穿的「股溝妹」呢！

例 句

❖ "I am sorry if anyone was offended by the wardrobe malfunction during the halftime performance at the Super Bowl. It was not intentional and is regrettable."

--Justin Timberlake

「如果有人因為超級盃中場表演的『衣服故障』而生氣，我感到很抱歉。這件事並非故意的，而且令人遺憾。」

──賈斯汀

延伸單字

＊wardrobe malfunction　(n.)　[ˈwɔrd‚rob mælˈfʌŋkʃən]
衣服故障

bling / bling bling / bling-bling

（**n.** 招搖、醒目的首飾或裝扮；**adj.** 穿金戴銀、追求金錢的）

什麼是 bling 呢？這個字其實沒有確切的中文翻譯，據說 bling 這個字來自牙買加俚語，是形容鑽石上的亮光反射時所發出的「聲音」，黑人饒舌歌手借用後，便在美國的流行文化（popular culture）圈傳誦。有人認為，第一個借用 bling 一詞的是 New Orleans （紐奧良）一個名為 Cash Money Millionaires 的饒舌樂團，因為他們在九〇年代末的一首歌，歌名就叫做 "Bling Bling"。時至今日，全世界只要喜歡 hip-hop（嘻哈）或 rap（饒舌）的樂迷，大概沒有不知道 bling 的。

那到底什麼是 bling 呢？你若常觀賞這兩年美國 hip-hop 或 rap 的音樂錄影帶，便會發現很多歌手身上常戴著許多「俗又有力」的珠寶、鑽飾、黃金等，看起來既騷包又招搖。除此之外，出現在錄影帶當中的人，也個個穿華服、開名車，一副所有女生都要投懷送抱的屌樣子。這形象就是所謂的 bling 或 bling-bling style。流風所及，現在許多美國青少年的裝扮也越來越有 bling 味。

有些不欣賞 hip-hop 或 rap 的人常覺得這些歌手所代表的 bling 文化既低俗又沒品味，目的就是為了要顯示自己很有錢或很有性吸引力，連帶導致很多青少年的價值觀錯亂。另有些人則認為這些歌手並不是 materialism （物質主義）的發明者，他們只不過是忠實反應現實社會的情況罷了。實情如何，聰明的讀者可以自己判斷。

❖ This "bling bling" look has been done to death!

這招搖醒目的裝扮已經被做過頭了！

❖ Many of today's popular TV shows suggest that we have become a bling-bling society.

現今許多熱門的電視節目顯示，我們已經變成一個穿金戴銀、追求金錢的社會。

延伸單字

∗ bling [blɪŋ]
招搖醒目的首飾或裝扮；穿金戴銀、追求金錢的

∗ materialism (n.) [mo`tɪrɪəl‚ɪzəm] 物質主義

fauxhawk / fin / Beckham（n. 貝克漢頭）

　　喜愛足球明星 David Beckham（大衛·貝克漢）的讀者應該都不陌生他那多變的造型，其中他最有名的髮型之一，便是 fauxhawk。fauxhawk 這個字是由 <u>faux</u>（假的）+ Mo<u>hawk</u>（摩霍克族，為美國印地安人）而來，指的是「中間一撮頭髮比兩側其餘的頭髮來得長」的髮型。據說摩霍克族人的髮型就是中間長、兩邊短，而且兩邊的頭髮短到幾乎是光溜溜的，只不過到了現代設計師的手裡，其味道及精神已與當初的 Mohawk 大不相同，所以現在人們便將這種髮型稱為 fauxhawk（假的摩霍克頭）。

　　因為這種髮型與鯨魚露出水面的 fin（鰭）形狀很像，因此 fauxhawk 髮型也叫做 fin。另外，因為貝克漢畢竟是帶動這種髮型的主要人物（他在2002年的 World Cup tournament 中就是頂著一頭 fauxhawk），有些人也直接稱 fauxhawk 髮型為 Beckham。

　　不過你可不要以為這種頭是從貝克漢才開始流行哦！早在 punk（龐克音樂）流行的時期，就有很多歌手是留這種頭；而且據說最先梳這種頭的名人是 Hedi Slimane（此人乃 Christian Dior 的創意總監），以及一個廣受歡迎的比利時卡通人物 Tintin（丁丁），因為他就是留這種可愛的一撮小長髮。不過這種頭能蔚為風潮，還真的要感謝貝克漢，由於他的緣故，許多好萊塢明星、歐洲設計師、以及其他球類明星，都變成 fauxhawk 的擁護者，甚至連港台最受歡迎的劉德華也曾一度頂著一頭 fauxhawk！

　　而說到奇怪的髮型，我們又不能不提到另一個有趣的新詞：

comb-over。comb-over 指的是中年人試圖梳髮,遮蓋禿頭部位的髮型。梳這類髮型的人通常頭頂稀疏,因此將兩旁的頭髮留得極長,並 comb over(從一邊橫跨頭頂梳到另一邊),這是 comb-over 稱呼的由來。另外,因為這髮型一條一條的,看起來很像商品上的黑白「條碼」(bar code),所以又被取笑作 bar-code hairstyle。(相關資料請參考《用英文不用學英文》Part I 第一章)

例 句

❖ Fauxhawk is a full head of hair combed into the middle to fabricate the look of a Mohawk.
「貝克漢頭」就是將所有頭髮梳到頭中間、用來模仿摩霍克族人的髮型。

延伸單字

*fauxhawk	(n.)	[`fo,hɔk]	貝克漢頭
*fin	(n.)	[fɪn]	貝克漢頭
*Beckham	(n.)	[`bæk,həm]	貝克漢頭
*Mohawk	(n.)	[`mohɔk]	摩霍克族
*bar code	(n.)	[bɑr kod]	條碼

makeunder（n. 畫淡妝改造）

在美國，很多的 talk show（脫口秀）都會不定期請一些長得或穿得「很抱歉」的來賓上節目，秀出他們原本的恐怖模樣，以及被節目的專家們進行 makeover（改造）後的亮麗模樣。目前美國最受矚目的 makeover shows 要算是 VH1頻道的 "Celebrity Fit Club"，這個節目把八個超重的來賓（通常是一些想出名的小演員們）分成兩組，讓他們互相比賽，在14個星期內達成瘦身減重的目標。另外，像我們之前提到的 "Queer Eye for the Straight Guy"（酷男的異想世界）也是十分受歡迎的 makeover show。這種 makeover shows 通常是收視率的保證，因為一般觀眾都會很很好奇一個原本很邋遢或很醜的人，被改頭換面後會是何等模樣。這股 makeover 的熱潮這兩年甚至吹向台灣，有越來越多的節目會穿插 makeover 單元，以刺激收視率。

美國及歐洲另外還有一種電視節目叫 anti-makeover，就是製作單位請俊男美女或明星打扮成又醜又老又胖的樣子，然後身戴 hidden camera（隱藏式攝影機）去接觸路人，錄下路人的反應，來闡述「人類是表相的動物」這個真理。

講了半天的 makeover，到底什麼是 makeunder？其實 makeunder 就是 makeover 的相反，指的是將一個人刻意低調的打扮，畫淡妝（甚至沒有化妝），髮型、服飾等也力求簡單樸實。你或許會問：「愛美」不是人的天性嗎？尤其是女生，怎麼可能會有人寧願被 makeunder？事實上，就是因為現在有越來越多人每天

畫濃妝、染頭髮（戴假髮）、穿耳環（鼻環、舌環、刺青）……，誇張的程度已經引起眾人側目，才會有人想出這樣一個新詞，幫助這些人回復其原本乾乾淨淨的天然面貌。makeunder 的現象也與目前全球吹起的的「自然風」有關。英文有句話說：Less is more.（「少」即是「多」），台灣的蔡老師不也再三地強調：「ㄕㄨˋㄋㄢˊ就是美」嗎？

好笑的是，有些電視節目看準這個市場，紛紛推出 makeunder show，請來一堆平日作惡多端、奇裝異服的 teenagers（青少年），讓他們變回其年齡該有的清純模樣，然後邀請其父母上節目。通常這種節目的結局都是孩子與父母抱在一起感動得痛哭流涕，並不斷感謝主辦單位給他們這樣一個「重生」的機會，最後因氣氛感人，現場觀眾、來賓、主持人全哭成一團。你說，收視率能不飆高嗎？

當然，我也看過一些節目是青少年的父母奇裝異服，讓孩子在學校飽受同學的恥笑，因此要求父母上節目接受 makeunder 的，這類節目也很感人，一樣是孩子與父母抱在一起感動得痛哭流涕，並不斷感謝主辦單位給他們這樣一個「重生」的機會，最後因氣氛感人，現場觀眾、來賓、主持人全哭成一團……哈哈！

例　句

❖ Jenny's got too much makeup on; she really needs a makeunder!

Jenny 畫的妝太濃了；她真的需要來個「畫淡妝改造」！

*makeunder	(n.)	[ˌmekˋʌndə]	畫淡妝改造
*celebrity	(n.)	[sɪˋlɛbrətɪ]	名人
*makeover	(n.)	[ˋmekovə]	改造

bling bling

masstige (n. 大眾精品)

masstige 是 mass（大眾）與 prestige（名聲；魅力）兩字所組合的新詞，指的是一種品牌，價格介於「大量生產的低價位商品」與「有品牌、高價位商品」之間。

在美國，一般人通常會去 K-mart、Target 等平價商店購物，因為這些店賣的東西雖然品質不是一流，也很「大眾化」，但至少價格便宜；至於口袋「麥克麥克」的人，則會選擇到高檔百貨公司或精品店購物，因為他們知道可以買到品質好、又有品牌的東西，雖然荷包要大失血。

既然如此，為什麼市場上還會有 masstige 這種東東的生存空間呢？別忘了，很多「一般人」雖然不能負擔如 Prada、Chanel、Gucci、Louis Vuitton……等高價位名牌，但還是會希望能買到比 Hang Ten、Giordano 等品質更好的產品，如 Coach、Esprit、Tommy Hilfiger 等，雖然這些商品價格較貴，但因為具有獨特的風格，價格也比名牌商品合理，因此 masstige 這幾年十分火紅。

一般來說，這些採取「中間偏高」價位的品牌，通常擁有精品高價的品質，但價格又不如精品那麼貴，因此深受都會人士喜愛。例如在保養品市場，La Mer、Kiehl's 算是 prestige goods，而 OLAY（歐蕾）、L'Oreal（萊雅）、Neutrogena（露得清）可以算是 mass-market goods，至於 Body Shop、Bath & Body Works 等「有點貴、又不會太貴」的品牌，就是廣受都會人士喜愛的 masstige。

有人説，masstige 同時兼具 mass and class（大眾與格調），這是它之所以可以在競爭激烈的商品市場殺出一條血路的原因。這幾年，很多原本走高價精品路線的品牌為了搶佔市場，也紛紛推出所謂的 masstige，如 Calvin Klein 的 underwear（內衣褲）。當然，也有一些原本走大眾市場的品牌或企業，現在也自創 masstige，例如美國的 Target 百貨業，也在自家商場賣起價格稍貴但品質較好的品牌 Mossimo 與 Michael Graves。

masstige 還有另一個意思，指的是將 prestige goods 與 mass-market goods 混穿或混搭在身上的流行時尚，例如一件 Prada 的上衣配上一條夜市牛仔褲。據説好萊塢明星 Madonna（瑪丹娜）、Cameron Diaz（卡麥隆・迪亞茲）、Julia Roberts（茱莉亞・羅勃茲）便是 masstige 的愛好者！

例 句

❖ Masstige brands appeal to urban consumers, who are usually striving to be trendy but aren't above a bargain.
「大眾精品」很對都市消費者的口味，因為這些人通常追求時髦感，但又不願意花大錢當冤大頭。

延 伸 單 字

*masstige	(n.)	[`mæstiʒ]	大眾精品
*prestige	(n.)	[prɛs`tiʒ]	名聲；魅力

CHAPTER 2

悄悄流行的新現象
大眾文化篇

dumbing down（當迷化；笨蛋化）

dumbing 這個字是從 dumb（愚笨的）而來，例如我們若要罵一個人很笨，便可以說：He's very dumb. 因此 dumbing 這個字指的便是思考邏輯及消費型態乍看起來蠻笨的新世代。

dumbing 這個字出自英國學者 Andy Davidson，他研究目前年紀介於8到20多歲的超年輕世代，認為這些年輕人是矛盾的綜合體：他們很懶散，但遇到有興趣的事物又超認真；他們愛亂花錢，但又很有奇特品味；他們頭腦空空、不專心學業，但有時又創意驚人，讓人不得不對他們另眼相看。

在台灣，「當迷族」還有以下這些特色：他們自創許多無厘頭的語言及動作，旁人雖然覺得很蠢，他們卻嚴肅看待，而且樂在其中；他們不愛上課，超愛閒閒沒事幹，可是又不能容忍真正沒事幹的感覺，因此常要找出許多自娛娛人的消遣方式，如打手機、玩電玩、傳簡訊、上 BBS 等。難怪前陣子台灣有一篇報導說，dumbing 的人生目的為「既嚴肅又認真的殺時間」！

在英國，dumbing down 也可以用來形容當代青少年太依賴科技產品的現象。例如，現在的年輕人很少看書或上圖書館，因為他們認為資訊只需上網搜尋便可取得，何必辛辛苦苦記憶東西？還有，他們認為學拼字或用手寫字是很浪費時間的，因為電腦打字當道，而且打錯字還有電腦 spelling check（單字校正）的幫忙。

dumbing down 現在也多用來形容媒體及大環境的弱智化，指的是現今電視節目越來越愚蠢、觀眾口味越來越「重鹹」、出版作

品越來越輕薄短小、讀者越來越不用動腦筋……的現象。這種無所不在、越來越嚴重的 philistinism（庸俗主義）正在全世界蔓延，從學術界、文藝圈、到各個社會生活領域，dumbing down 似乎是一股擋不住的向下風潮！

例 句

❖ Many talk shows on TV are garbage; if our young children and teenagers embrace this "dumbing down" as a part of life, they will eventually become the true "dumbed down generation."

許多電視的脫口秀都是垃圾；如果我們的小朋友及青少年擁抱這些「弱智化」，將其當作生活的一部分，他們最終將會變成真正的「當迷世代」。

延 伸 單 字

*dumbing down	[dʌmɪŋ daʊn]	當迷化；笨蛋化
*philistinism　(n.)	[fə`lɪstɪnˌɪzəm]	庸俗主義

kuso（n. 庫索；惡搞）

與前面 dumbing 很相似的新詞還有一個，相信台灣的讀者大家都不陌生，那就是 kuso。kuso 在日文是排泄物的「屎」、「糞」的意思，也是表示輕蔑、罵人的通用語。例如： <u>kuso</u>oyaji 是「死老頭」、heta<u>kuso</u> 是「笨得要命；差勁死了」之意。這麼不文雅的字之所以風行，起源於日本「認真去玩爛遊戲」的現象。據說有些日本電玩遊戲幾乎爛到毫無可玩性，但是玩家為了一探這遊戲到底有多爛，還是會拼命且認真地玩下去！這有點像是我看台灣綜藝及新聞節目的心態，明知其爛到極點，還是會有一探其「到底會有多爛」的衝動，繼續看下去。只不過我缺少了 dumbing 族那種「認真而嚴肅」的態度就是了！

對一些 kuso 族而言， kuso 的取材範圍為日本的卡通、漫畫、電玩等，另外，網路上所張貼的文章也是他們展現 kuso 創意的最佳管道。kuso 到了台灣後，進一步轉化成「惡搞」之意。年輕人紛紛做出許多不合邏輯的怪異行徑，例如裸身跑步、互玩「阿魯巴」、把頭埋進馬桶、將自己與一堆蚊子蟑螂關在密室、自拍搞笑短片……等，有些 Net Generation（網世代）的年輕人甚至把這些自虐虐人的照片放到網路上，供大眾瀏覽傳閱呢！一些懂得抓住商機的公司甚至舉辦各種選拔活動，號召年輕人一起來 kuso，也因此，kuso 的影響範圍便越形擴大。近年來社會大眾普遍以負面詞彙「草莓族」來形容台灣七、八年級的年輕人，有人便認為，kuso 可說是「草莓族」用來反擊、顛覆 LKK 的最佳武器。

面對「草莓族」的 kuso 文化，身為 LKK 的我們，可千萬不要以「衛道之士」自居，大嘆「世風日下」哦，因為這些年輕人認為 kuso 是他們宣洩壓力、向世界抗議的最佳方法：認真而嚴肅的對待每一件事、甚至是無聊透頂的事，就是 kuso 的最高精神！

例　句

❖ Kuso means messing around or playing a joke on something stupid; but when young adults say "Kuso!" it may even be praise.

「Kuso」的意思是亂搞或者開低級的玩笑；不過當年輕人說「Kuso！」時，有可能甚至是一種稱讚。

延 伸 單 字

∗ kuso　(n.)　[ˋkuso]　庫索；惡搞

fusion food / fusion cuisine

（**n.** 融合菜式；無國界菜式）

　　fusion 是「熔解；融合」之意，fusion food 指的是現今風行各國、結合不同地區食材及料理方式的菜式。很多人以為 fusion food 是這幾年才有的新鮮事，是饕客窮極無聊、「吃到最高點」所發明出來的一種將兩個或多個不同文化、不同國家、不同食材的東西煮在一起的新菜式。事實上，fusion food 存在已久，只是到近幾年才被大家拿出來大肆炒作罷了。

　　為什麼說 fusion food 由來已久呢？因為只要有殖民的地方，當地就會因為 the colonizer（殖民者）與 the colonized people（被殖民者）飲食文化的交互融合，而產生動人的 fusion food。這也是為什麼有些台灣人會專程跑去澳門吃那裡的「葡式料理」，因為當地的食物除了保有澳門料理的傳統美味，也融合了當年殖民者葡萄牙的風味。另外，法國風味的越南菜、荷蘭風味的印尼料理、以及經由移民所產生的拉丁口味或亞洲口味的加州料理……在在都令人驚豔。

　　當然，廣義的 fusion food 存在於任何一種融合風味的料理，所以舉凡是法式日本料理、中國風味的馬來西亞菜、印度風味英國菜……等，都可以稱之為 fusion food，因此 fusion food 可說是飲食世界的 multiculturalism（多元文化主義）。

　　其實一種外來菜到了另一個國家，或多或少都會為了適應當地人原有的口味而作改變，甚至加上當地的某些食材及烹調方式，這

些都是 fusion food 的基本精神!

　　在歷史獨特的台灣,幸運的我們也可以吃到各式各樣的 fusion food;我吃過最誇張的不是「中西合璧」的咖啡加印度奶茶,而是今年過年時的「年糕 pizza」(將中式年糕切成薄片,加上蔥、蕃茄醬等,上面淋起司,然後拿去烤),至於味道如何,嗯嗯,讀者自己想像吧!

例　句

❖ Today's fusion food is the combination of flavors, ingredients, and even techniques; and today's experiment could be tomorrow's classic dish.

今日的「融合菜式」在味道、材料、甚至技法上都融合在一起;而且今日的實驗品可能是明日的經典菜。

延伸單字

*fusion food	(n.)	[ˋfjuʒən fud]	融合菜式;無國界菜式
*fusion cuisine	(n.)	[ˋfjuʒən kwɪˋzɪn]	無國界菜式
*colonizer	(n.)	[ˋkɑləˌnaɪzɚ]	殖民者
*multiculturalism	(n.)	[ˌmʌltəˋkʌltʃərəlɪzm]	多元文化主義

downshifter / down-shifter（n. 迴游人）
downshift（v. 迴游）

downshifter 的原意是「往低處移動」，指的是一個人為了要享有簡單寧靜的生活，寧可尋找較輕鬆而低薪的工作；這些人不同於一般人拼命往高處爬，反而選擇往低處走。

downshifter 與我們常說的 yuppie 恰恰相反，yuppie（雅痞；乃 young urban professional 的縮寫，yup 重複字尾 -p 之後 + -ie 而來）指的是一個人有很大的「成功」慾望，對於名與利的追求也樂在其中；相反的，downshifters 雖然很有能力，對金錢卻一點也不在乎，寧可做一份錢少一點、卻沒有壓力或有很多空閒時間的工作。對 downshifters 來說，time is more important than money（時間比金錢重要）。

這幾年 downshifting 已是一種越來越盛行的 movement（運動），傳統中對於「成功」的定義也正在改變。例如在英國，已經有超過三百萬的人選擇當個 downshifter，而全歐洲也有一千兩百萬人傾向過簡單無華的生活，為的是要讓自己盡量少想到工作及賺錢，多將心思放在自己與家人朋友、大自然，以及社區回饋上。比較積極的人甚至辭去高薪的工作，甘願搬到農村去居住，成天與牛羊為伍，認為這樣才能找回生活的真正價值。反觀美國及台灣、日本等亞洲國家，大部分人還是選擇兢兢業業、汲汲營營，難怪每年有一大堆人 karoshi（過勞死，源自日文）！其實只要我們靜下來想一想，就會知道「快樂」真的比金錢或名氣難求，能夠兼顧生活品質、人際關係的生活方式，似乎更能令人滿足呢！

❖ After reducing their workloads or even quitting their high-paying jobs, most downshifters are happy having made the choice.

在經過減少工作量、或甚至辭去高薪工作後，大部分的「迴游人」都對自己的決定感到快樂。

延 伸 單 字

*downshifter	(n.)	[ˋdaʊnˌʃɪftɚ]	迴游人
*yuppie	(n.)	[ˋjʌpi]	雅痞
*karoshi			過勞死

granny leave（n. 老奶奶假）

　　granny 是英文裡對外婆、祖母的暱稱，而 leave 當名詞是「許可、請假」的意思，那麼什麼是 granny leave 呢？在英國，有些人因為需要照顧家中生病或年邁的長輩，而向公司要求較少的工作時數或較有彈性的工作時間，這種假便叫做 granny leave。在社會競爭這麼激烈的今天，granny leave 可不是天方夜譚哦，因為這可是英國政府 Trade and Industry Secretary（貿易工業大臣）Patricia Hewitt 前陣子所提出的方案，在不久的將來，幸福的英國人便可以理直氣壯的享受這種假了！

　　你或許覺得很奇怪，為什麼員工可以用這種莫名其妙的理由要公司准假？其實在許多歐洲國家，不僅媽媽們可以請 maternity leave（產假），連爸爸都可以跟著請 paternity leave呢（父親的產假），而且還是有薪假！更誇張的是，很多人也會在家中有新生小狗時，向公司請 puppy leave（照顧小狗假）哦！

　　puppy leave 又被戲稱為 peternity leave，是拿 <u>pet</u>（寵物）+ p<u>aternity</u> leave（父親產假）稍作變化而來，基本上就是向公司請一段時間的假，以便回家照顧新生狗、訓練其大小便（housetraining）、並與之培養感情。

　　說起英國的假，還有一種也很有趣，那就是 calamity leave（災難假），這是一種方便員工解決家庭危機所請的緊急假。怎樣，夠人道的吧！

　　說起來，英國一直致力於提供員工較 carer-friendly（照顧者友

善）或 family-friendly（家庭友善）的工作環境，意思就是給必須照顧家人、親戚、朋友等的員工較友善的協助，讓他們在平衡工作與其他外務之時，不會承受太多從老闆或公司來的壓力。嗯⋯⋯ 什麼時候台灣也能有 nanny leave 或 puppy leave 呢？

例 句

❖ The granny leave will give employees the right to request part-time work or flexible hours to look after their parents or disabled relatives.
「老奶奶假」將會給員工要求兼職或彈性工時的權利，所以他們可以照顧父母或殘障的親戚。

❖ Helen took a month of puppy leave and worked at home.
Helen 請了一個月的「照顧小狗假」，在家工作。

延伸單字

*granny leave	(n.)	[`grænɪ liv]	老奶奶假
*maternity leave	(n.)	[mə`tɜnətɪ liv]	產假
*paternity leave	(n.)	[pə`tɜnətɪ liv]	父親的產假
*calamity leave	(n.)	[kə`læmətɪ liv]	災難假

furkid / fur kid / fur-kid（n. 有毛的小孩）

由前面的 puppy leave，我們可以得知外國人對寵物的態度如何；在英文裡還有一個新詞，專門用來形容這些「畜生」：furkid。

所謂 furkid，就是 fur（皮毛）與 kid（小孩）的結合，即貓、狗是也！在物質富裕的今天，有越來越多的人真的把寵物當成小孩子在養。七〇年代後期，很多 animal-right activists（主張動物權利的積極份子）便已認為 pet 這個字是 politically incorrect（「政治不正確」；詳細解釋請參看《用英文不用學英文》Part II 附錄二），因為 pet 隱含了人類是動物的「所有者」，因此有人主張「寵物」應為 companion animal（相伴的動物），後來又有人認為 animal 這個字不妥，乾脆把 animal 去掉，直接稱「寵物」為 companion；到了今天，「寵物」的地位又升一級，變成了「有毛的小孩」了！最誇張的是，很多 DINK（頂客族；即 Dual Income No Kids「雙薪家庭沒孩子」）更將形容自己的 dual income, no kids 改為 no kids, only furkids（不要 kids、只要 furkids），可見他們對寵物的熱愛程度了！

至於美國人最喜歡的 furkid 為何？英文裡有句話說：Dogs are men's best friends. 可見狗在美國人心目中地位之崇高。也因此，當他們看到一些東方人竟然偏好「香肉」時，內心的反感便很深了。話說美國人吃東西有些 food taboos（食物禁忌），例如很多人不喜歡吃狗肉、青蛙肉、鴨肉，另有些人對蝸牛肉、蛇肉、或動物內臟很排斥，這可以從他們在前幾年日、韓合辦 World Cup（世

足賽）時，大聲抗議韓國餐廳擴大供應老饕吃狗肉可以看出。而他們對東方人將動物內臟熬煮一鍋的行徑也很感冒，不能相信有人竟可以吃下那些奇形怪狀的東東。

據我觀察，美國人在「吃」這點上其實有很大的種族歧視。為什麼呢？因為如果忠心的狗狗不能吃，難道乖巧的兔寶寶就可以吃嗎（我在不同的美國友人家裡至少吃到五次兔肉，差點沒吐死）？而且美國人覺得我們吃內臟沒水準，可是他們上餐廳卻愛點「煎牛肝」，而且也超迷法國料理「鵝肝醬」，上法國餐廳時吃起蝸牛及填鴨胸一樣津津有味，從來也不見他們抱怨法國人沒水準呀……！

例　句

❖ I am not the "owner" of my furkid; I am only her "animal guardians."

我不是我 furkid 的「擁有者」；我只是她的「動物監護人」。

延伸單字

* furkid	(n.)	[`fɜ͵kɪd]	有毛的小孩（寵物）
* taboo	(n.)	[tə`bu]	禁忌
* companion	(n.)	[kəm`pænjən]	伴侶（此指寵物）
* DINK	(n.)	[dɪŋk]	頂客族

type T personality

(**n.** T型性格；喜歡追求刺激及危險經驗的性格)

　　大家都知道，人的血型有分 A、B、O、AB 型，但你知不知道人的性格也分成 A、B、C、T……呢？沒錯，今天我們就要來談談具極度冒險精神的 type T personality。「T型性格」的説法最初是由心理學家 Frank Farley 所提出的，其中的 T 源自於 thrill seeking（喜歡尋求刺激）的第一個字母。他認為擁有 type T personality 的人乃 biological or genetic（天生的），這些人終生喜歡追求挑戰、刺激、以及未知的事物，而且行業不拘，可能是 scientist（科學家）、criminal（罪犯）、或者 rock climber（攀岩者）等。根據 Farley 的説法，type T 的人 "are rejecting the structures, the laws, the regulations"（「拒絕結構、法律、規則」）。

　　具有 type T personality 的人喜歡尋求刺激，因此也被稱為 thrill seeker（追求刺激者），他們常需要改變環境、挑戰環境、喜歡複雜而非單調的事物，個性上也較衝動，喜歡追求獨立，具自發性。雖然有些研究顯示，青少年階段的少男少女較容易有 T 型性格，但也有很多的研究附和 Farley 的説法，即 T 型性格乃與生俱來，與年齡無關。另外還有些研究指出，T 型性格的人較常飲酒、使用藥物、追求不受拘束的性關係，這種喜歡「自由」的生活方式，也因此被認為與社會上的偏差行為與犯罪行為有關。

　　親愛的讀者，你平日喜不喜歡從事飆車、衝浪、高空彈跳等具有高度刺激感的活動？或你是否參加幫派、喜歡與人鬥毆？如果你有以上這些特質，就可以稱得上是具有 type T personality。不過請

記得，如果你在路上遇見我，千萬別找我麻煩哦！

例　句

❖ Dave leads a life of constant stimulation and risk taking; he used to skydive off buildings, rock climb in South America, and bungee jump all over the world-- he is a Type T.

Dave 的生活充滿不斷的刺激及冒險；他曾經在高樓從事高空跳傘、在南美攀岩、在全世界高空彈跳——他具有 T 型性格。

（關於其他不同型人格的特徵，在下一冊的書中將有詳細介紹。）

延伸單字

＊type T personality （n.） [taɪp tɪ ,pɜsn̩`ælətɪ]　T 型性格

＊thrill seeking [θrɪl sikɪŋ]　喜歡追求刺激的

hurry sickness （n. 急驚風；匆忙病）

　　親愛的讀者，你平日走在路上，腳步會不會越來越快，但卻不清楚自己到底在趕些什麼？你會不會常覺得時間不夠用，因此每件事都做得超快，而且只要一有耽擱，就覺得渾身不對勁？還有，你會不會晚上明明累得半死，睡覺前卻仍不由自主想著明天第一件、第二件、第三件……要做的事而輾轉難眠？如果你的答案都是 yes，那你就可能得到了所謂的 hurry sickness！

　　其實 hurry sickness 就像一種職場傳染病，在台灣或日本這種高度競爭的社會是很普遍的；每個員工都會想盡快完成老闆交代的事情，在有限的時間內做最多的事，幾乎每一分每一秒都在趕、趕、趕，最後導致失眠、焦慮、內分泌失調。

　　還有一些心理衛生專家認為 hurry sickness 與所謂的 Information Fatigue Syndrome（資訊疲勞症候群）有很大的關係。患有 Information Fatigue Syndrome 的人，起床第一件事便是在電腦桌前上網查資料、收發電子郵件、與朋友 MSN，就算稍稍休息時，也會不自主地查手機語音信箱、看新聞、翻雜誌，深怕一不小心便漏掉任何從四面八方不斷湧入的各種資訊，因而跟不上時代潮流。還有一種人患了所謂的 plugged-in compulsion（連線瘋），電腦一天24小時都連線，人也整天掛在網上，如果有一天網路出了問題，這種人便會如喪考妣，渾渾然不知所措！

　　也有專家指出，患有這種 hurry sickness、information fatigue syndrome、或 plugged-in compulsion 的人絕大多數都具有 type

A personality（A 型性格），意思是說他們既認真負責、又喜歡追求完美、對自己與他人的要求都很高，因此容易患得患失、身體也容易因壓力而產生問題，不可不慎！

例　句

❖ Do you always feel you're short of time? Do you usually get flustered when encountering delays? Watch out-- you might be suffering from so-called "hurry sickness!"
你是不是常常感到時間不夠用？你是不是只要事情一耽擱，就覺得很緊張？注意！你可能患了所謂的「匆忙病」！

延伸單字

* hurry sickness　(n.)　[`hɜɪ`sɪknɪs]　急驚風；匆忙病

* information faligue syndrome　(n.)
[ˌɪnfə`meʃən fə`tig `sɪndrom]　資訊疲勞症候群

* plugged-in compulsion　(n.)　[plʌgdɪn kəm`pʌlʃən]　連線瘋

leisure sickness（n. 休閒病）

　　上班族的你有沒有這種經驗：平日星期一到五的早上，鬧鐘一響準時起床，上班時蹦蹦跳跳好似一尾活龍，加班到晚上九點後還可以與朋友相約吃宵夜、唱 KTV；可是一到假日或週休二日，整個人就像是洩了氣的皮球，全身沒勁、渾身不對勁，好似生病一般？如果你有這種怪現象，應該就是得了所謂的 leisure sickness，亦即「休閒期間所特有的病痛」！

　　根據荷蘭的心理學教授 Ad Vingerhoets 的說法，leisure sickness 常見的症狀包括：fatigue（精神不濟）、headache（頭痛）、migraine（偏頭痛）、sore throat（喉嚨痛）、muscular pain（肌肉酸痛），甚至 cold and flu（感冒）。據說愈是在經濟發達的國家，就有愈多的人患這種 leisure sickness，可怕的是，這種病還真的沒藥醫呢！

　　許多專家認為愛追求高成就感（a high need for achievement）及具高度責任心（a high sense of responsibility）的上班族特別容易患上 leisure sickness，因為對這種性格的人而言，relaxing（放輕鬆）可說是非常 stressful（壓力大的），他們平日過慣了規律且壓力大的生活，放假時步調忽然沒了章法，有時還得面對平日少往來的親朋好友，種種的情況逼得他們身體開始出現毛病、immune system（免疫系統）開始崩潰。

　　不過說真的，現代人忙碌慣了，對於「空閒」還真的會無所適從！所以很多科技產品的發明，就是為了要填補人們對於「無所事

事」的恐慌：打電話跟朋友聊天時要一邊上網查 e-mail、上超級市場購物時時隨身帶 mp3、連與家人打屁時也要一邊玩 game……

你下次放假時，如果開始覺得心慌慌頭暈暈，沒關係，馬上一邊打電話跟老闆聊天，一邊處理公事，一邊上 BBS，包準你的 leisure sickness 馬上消失無蹤！

例　句

❖ People who get ill on weekends or while on holidays may be suffering from a new medical condition called "leisure sickness;" symptoms like fatigue, muscular pains, and headaches are most common.

在週末或是假期中生病的人可能是得到了一種新的醫學病症，叫「休閒病」；最常見的症狀有勞累、肌肉酸痛、頭痛等。

延伸單字

*leisure sickness	(n.)	[ˈliʒɚˈsɪknɪs]	休閒病
*migraine	(n.)	[ˈmaɪgren]	偏頭痛
*immune system	(n.)	[ɪˈmjunˈsɪstəm]	免疫系統

cosplay (n. 漫畫、電玩角色扮演)

什麼是 cosplay 呢？cosplay 是 costume play（戲服表演）的縮寫，指的是漫畫迷利用化妝、髮型、服裝、身體語言及道具的配搭，來扮演一個自己很喜愛的漫畫角色。cosplay 可不是什麼心血來潮的簡單活動哦，它可說是一種表演或話劇形式。真正的 cosplay 要求 cosplayer（即角色扮演者）除了服裝道具需相似外，其「神韻」，如舉止動作等，也必須與原角色相似，如此才算符合 cosplay 的精神。另外，cosplayer 除了漫畫、動畫外，其他如電腦遊戲、電影裡的角色，也都是其扮演的對象。

有趣的是，這些 cosplayers 並不是為了名與利而參加 cosplay，而是因為自己真的十分喜愛某個角色，恨不得自己就是那個角色，而自動自發扮演那個角色；所以我們可以說，cosplay 的主要目的是「自娛」，而非「娛人」。

cosplay 起源於日本，想當然爾這類活動在日本最為盛行，不過近年來台灣、美國、加拿大、香港等地也有類似的活動，往往可以吸引到大批的日本漫畫、電玩迷的捧場；有些國家還會定期舉辦大型的 cosplay contest（角色扮演比賽），讓 cosplayers 互相較勁呢！

說起 cosplay 這個字，還得感謝我一位學生。 LKK 的我在兩年前還完全不知這世上有 cosplay，有一天一個男同學在演講課時選了這個主題。我下課問他為什麼對這個話題這麼瞭解，原來他本身參與過幾次 cosplay 的活動，是個不折不扣的超級日本漫畫迷！

例 句

❖ The cosplay has been a cult activity in Japan since the mid-80s; in the event, many Japanese anime fans dress up as their favorite characters, attend talks, and catch up with each other.

從八〇年代中期開始，cosplay 在日本就已經是個熱門的時尚；在活動中，許多日本的動畫迷打扮成他們心儀的漫畫人物出席座談會，以及彼此交流心得。

延伸單字

* cosplay (n.) [`kɑsple] 漫畫、電玩角色扮演
* cult activity [kʌlt æk`tɪvətɪ] 熱門的時尚活動

extreme ironing

CHAPTER 3

最新娛樂報你知
休閒遊憩篇

extreme ironing（n. 極限燙衣服）

英文中有另一個有趣的新詞，也跟前面提到的 type T personality（T 型性格）有關，那就是 extreme ironing。什麼是 extreme ironing？這項活動起源於1997年一個名為 Leicester 的英國城市，參與者被稱為 extreme ironer 或 extreme ironist（極限燙衣服者），他們必須一邊燙衣服，一邊從事超危險刺激的運動或活動，聽起來很不可思議吧？

眾所周知，傳統的燙衣服都是在室內進行，extreme ironing 卻是一項戶外活動，這些人的最終目的雖是交出一件燙得又平又美的衣服，不過在過程中必須從事如 mountain climbing（爬山）、rock climbing（攀岩）、skiing（滑雪）、canoeing（划獨木舟）、scuba diving（水肺潛水）等運動。你或許會問：燙衣服畢竟需要「電」，這些參與者到底如何在戶外燙衣服？這些挑戰者一開始時多使用很長很長的 extension cord（延長線）及 generator（發電機），後來便使用 battery powered iron（靠電池發電的熨斗），現在還有聰明的挑戰者用 geothermics（地熱）來幫助發電，發電撇步可謂五花八門！

extreme ironing 發展以來，據說至今全球已有超過一千人參加過各式各樣的比賽，地點包括日本、南非、智利等。而2002年在德國慕尼黑舉行的世界冠軍賽，就有八十多個人順利完成比賽呢！

❖ Extreme ironing is considered a dangerous sport which combines the thrills of an outdoor activity with the satisfaction of a well-pressed shirt.

「極限燙衣服」被認為是一項危險的運動，它結合了戶外活動的刺激感以及一件熨得四平八穩的襯衫的滿足感。

延伸單字

＊extreme ironing	(n.)	[ɪk`strim`aɪənɪŋ]	極限燙衣服
＊canoeing	(n.)	[kə`nuɪŋ]	划獨木舟
＊scuba diving	(n.)	[`skubə`daɪvɪŋ]	水肺潛水
＊generator	(n.)	[`dʒɛnə,retə]	發電機
＊geothermics	(n.)	[,dʒio`θɜmɪks]	地熱

extreme tourism（n. 極限旅遊）

　　有些現代人或許因為壓力太大，所以一有機會便會從事危險運動，來挑戰自己的極限、順便增加生活趣味，這種運動在英文裡便稱為 extreme sports（極限運動）。在台灣，很多人都嚐過去秀姑巒溪 white-water rafting（激流泛舟）的滋味，但很多人不知道還有一種叫 black-water rafting 的東東，比 white-water rafting 更刺激危險！基本上 black-water rafting 進行的地點不是大白天，而是 underground streams in the dark（地底下黑漆漆的溪流），參加者必須全副武裝，不然在黑暗中不小心撞到岩石，可不是件好玩的事！因此，雖然 white-water rafting 對許多人而言已經夠膽戰心驚，不過它還稱不上是 extreme sport，black-water rafting 才算。

　　那麼到底什麼是 extreme tourism？extreme tourism 指的便是「故意參加會讓人腎上腺素上升的旅遊活動」，而這些不怕死的遊客便稱為 extreme tourists。舉例來說，很多台灣人喜歡到西班牙去玩，但是如果你去西班牙玩的目的純粹是參加（不只是看哦）每年在 Pamplona 舉行的 Running of the Bulls（奔牛節），那你的旅行就可稱為 extreme tourism，而你就可以稱為 extreme tourist。

　　在旅遊時，很多 extreme tourists 會去從事在平日自己國家做不到的活動，例如 shark cage diving（吊籠觀鯊）、sky diving（高空跳傘）、rock climbing（攀岩）、abseiling / rappelling（游繩下降）、bungee jumping（高空彈跳）等。不過據說最危險的 extreme tourism 應屬 hanggliding（懸掛式滑翔翼）及

paraplaning（高崖跳傘）。

　　親愛的讀者，你對這些 extreme sports 有興趣嗎？別忘了出發前多買幾份保險，而且「受益人」的名字填我哦！

　　另外，extreme tourism 還可以當作「故意選擇到危險的地方旅行」的意思，有些 extreme tourists 特別愛到發生戰事或傳染病盛行的地區等去旅遊。唉，現代人就算覺得自己的生活太安逸了，必須找些極度刺激，也不需真的冒生命危險呀！

例　句

❖ Many extreme tourists choose their travel destinies based on the World Health Organization's travel advisory or travel warning list.

　許多「極限旅遊者」根據世界衛生組織的「暫緩前往」及「勿前往」的名單來選擇他們的旅遊目的地。

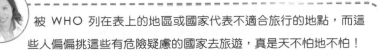

　　被 WHO 列在表上的地區或國家代表不適合旅行的地點，而這些人偏偏挑這些有危險疑慮的國家去旅遊，真是天不怕地不怕！

延伸單字

＊extreme tourism	(n.)	[ɪk`strim`turɪzm̩]	極限旅遊
＊abseiling	(n.)	[`ɑbzaɪlɪŋ]	游繩下降
＊bungee jumping	(n.)	[`bʌŋʤi `ʤʌmpɪŋ]	高空彈跳
＊hanggliding	(n.)	[hæŋ`glaɪdɪŋ]	懸掛式滑翔翼
＊paraplaning	(n.)	[`pærəplɛnɪŋ]	高崖跳傘

grief tourism（n. 悲傷旅行）

　　英文裡另有一個新詞，也與旅行有關，那便是 grief tourism。什麼是 grief tourism 呢？記不記得最近才發生的東南亞海嘯災難？雖然絕大多數的人在災難發生後的好一陣子都不會再回到當地旅遊，少數遊客卻偏偏逆向操作，故意在災難剛發生後到那邊去旅行，這樣的旅行便稱為 grief tourism（或稱 dark tourism），參加的遊客便稱為 grief tourist（悲傷遊客）。

　　你或許會說，這世界上有這麼多吃飽了撐著，閒來沒事的人嗎？事實上，這些無聊的 grief tourists 到最近剛發生災難的地方旅行，一方面除了一探災難發生的強度，另一方面也想憑弔受難者。

　　在國外，當一些平靜的小鎮發生令人髮指的兇殺案後，當地的外來遊客便會忽然激增，因為許多人會想來一探兇殺案發生的現場，順便放束花哀悼 victim（受難者；犧牲者），這便是 grief tourism 的最初形式。另外，美國911恐怖攻擊事件後，很多外國遊客也紛紛湧進紐約世貿大樓的遺址（所謂的 Ground Zero），再度炒熱 grief tourism 這個詞。不過有些人認為這樣的作法很不智，因為 grief tourist 不僅將自己暴露在危險中，也妨礙當地的救援活動。

　　我在多年的旅行經驗中，也曾經在不經意的情況下變成 grief tourist 呢！話說我在1997年赴美念博士班前，提早了幾個月出國遊玩，誰知從美國飛往英國的第一天，便巧遇 Princess Di（黛安娜王妃）的喪禮，結果倫敦上下一片花海，到處都是前往憑弔她的各國遊客，我也因此「恭逢其盛」，拍下了許多難能可貴的照片。只不

過當天的氣氛實在太哀傷，grief tourist 個個面容哀戚，我為了避免太囂張而被追打，在請人幫我拍照時，只好收起我那嚇死人不償命的百萬笑容，這是唯一可惜的地方！

例　句

❖ After the tsunami disaster, many grief tourists can be seen in some Southeast Asian resorts.

海嘯災難後，一些東南亞度假勝地可以看到「悲傷旅遊者」的蹤跡。

延伸單字

* grief tourism　(n.)　[ɡrif`turɪzm̩]　悲傷旅行
* victim　(n.)　[`vɪktɪm]　受難者
* tsunami　(n.)　[tsu`nami]　海嘯

Bollywood (n. 寶萊塢影城；印度的電影或電影工業)

眾所周知，Hollywood 是全世界最有名的電影工業所在地，位於美國南加州洛杉磯附近，但是這個名字長得很像 Hollywood 的 Bollywood 到底是啥東東？

事實上 Bollywood 乃印度電影或電影工業的總稱，由 <u>B</u>ombay 與 <u>Hollywood</u> 兩個字結合而成。這個位於印度第一大城 Bombay（孟買）東北部郊區的製片中心，佔地1,600公頃，與 Hollywood 一樣可觀。由於 Bollywood 擁有非常龐大的市場，因此使印度成為世界電影產量最多的國家（每年發行將近1,000部電影），其數量之多、規模之大，甚至超過 Hollywood！

就像人們對 Hollywood movie 的刻板印象（即聲光美、音效佳、卡司強大、劇情聳動），大部分的 Bollywood movies 也有其規則可尋：主角一定是俊男美女（尤其女主角一定美到不行，真的！），故事情節以愛情為主，通常描述兩個相愛的人因為家世、階級等種種因素被迫分開，歷經千辛萬苦，最後「有情人終成眷屬」，以喜劇收場，皆大歡喜。Bollywood movie 融合了各式各樣的色彩及多變的華麗場景，一位印度導演 Sehdev Kumar Gupta 在威尼斯影展曾如此形容他心目中的印度電影：Indian cinema is at once a night club and a temple, a circus and a concert, a pizza and a poetic symposium. （印度電影既是喧囂的夜總會，也是神聖沈靜的廟宇；既是瘋狂的馬戲團，也是高雅的音樂會；既是簡易庸俗的披薩餐，也是充滿藝術氣息的詩歌研討會）。

你或許會認為，這種老套的劇情怎麼可能一演再演，觀眾一看再看？其實很多 Bollywood movies 都結合了所謂 musical（音樂歌舞劇）的元素，裡面的人唱唱跳跳、聲光效果極佳，看個兩、三小時都不會覺得累。這幾年來 Bollywood movie 在美國發光發熱，我在留學時看了幾部 Bollywood 的電影，雖然劇情都很 predictable（可預期的），不過因為場景奢華、情節賺人熱淚，其中流露出印度電影特有的神秘感及東方風情，還是極具娛樂效果；尤其看到女主角完美無瑕的臉龐，就覺得值回票價了！如果你沒有機會看到真實的 Bollywood movie，不妨去看看前幾年由 Nicole Kidman 主演的 Moulin Rouge（紅磨坊），因為這部電影借用了許許多多 Bollywood movie 的概念及手法。

你或許會問：為什麼印度人會偏好這類型的影片？在印度，多數人的物質生活還是十分貧乏，觀賞寶萊塢影城所出產的歌舞片，正可以暫時忘卻自身的貧窮，大大撫慰心靈！

例　句

❖ Bombay is the center of the Indian film industry. A typical 3-hour Bollywood movie averages a half-dozen songs.

孟買是印度電影工業的中心。一部典型的三個鐘頭「寶萊塢」電影平均有六首歌左右。

*Bollywood	(n.)	[`bolɪ,wud]	寶萊塢影城
*Bombay	(n.)	[bɑm`be]	孟買
*musical	(n.)	[`mjuzɪkl̩]	音樂歌舞劇

yettie

mash-up（n. 混搭聯唱）
mash up（v. 混搭聯唱）

（入圍2004年 ADS「年度風雲單字」）

前陣子音樂界發生了一件大事，那就是 Jay-z 與 Linkin Park（聯合公園樂團）聯合製作的專輯 Collision Course 正式發行了！這張專輯的出現之所以如此受矚目，在於它把兩個看似完全不搭的音樂風格混在一起（rap 與 rock），創造出空前燦爛的火花，就如同專輯名稱所說的，是個 collision（撞擊）！

嚴格來說，這張專輯並不算是全新製作的專輯，因為它只是把 Jay-z 的舊歌與 Linkin Park 的舊歌「混」（mix）在一起；只不過在這張充滿創意的專輯裡，Linkin Park 向來偏向哀傷的搖滾曲風與 Jay-z 向來偏熱情的饒舌曲風被融合在一起時，不但沒有衝突，反而產生了許多意外的驚喜。

雖然這兩年音樂界有越來越多「將兩個看似完全不搭的音樂類型搭在一起，結果卻十分搭調」的例子，這種音樂「混搭」一直沒有一個正式的名稱，直到 MTV 電視頻道稱呼它為 mash-up，大家才開始沿用。Collision Course 這種由兩首歌或兩首歌的片段合而為一、變成一首新歌的音樂作品，就是標準的 mash-up。

除了 Collision Course，這幾年早有許多饒舌歌手利用 mash-up 的概念，將自己或別人以前的音樂拿來重新混音，從而產生一首「新歌」，這種 bootleg remix（私自混音）版本，有時候比原本各自分開的兩首歌更好聽呢！

最明顯的例子是在前幾年的 Grammy Awards（葛萊美獎）

頒獎典禮上，毒舌派饒舌歌手 Eminem（阿姆）表演了一首 mash-up，使世人注意到這位聲音如天使般的新歌手 Dido。那時候 Dido 的第一張專輯雖然在祖國英國已有很好的銷售成績，對岸的美國人卻不怎麼知道她，結果她的歌 "Thank You" 與 Eminem 的歌 "Stan" 在頒獎典禮上混音出現時，在美國的知名度便大大打開了。

Dido 是我非常欣賞的英國女歌手，我在她與阿姆合作前便注意到她輕柔美麗的唱腔及旺盛的詞曲創作力；當我第一次聽到她與阿姆的那首 mash-up 時，眼珠差點沒掉下來，因為他倆不論在曲風、唱腔、歌詞內涵上都差太多了。不過我必須承認，那首 mash-up 還真的頗動聽呢！當然也謝謝阿姆「提拔」Dido，讓 Dido 的專輯在美國大賣，因此她的第二張專輯才能順利推出。

例　句

❖ I'm in the middle of mashing up songs by Tom Jones and Michael Jackson.（mash up 當動詞用）
我正在將老牌歌星湯姆瓊斯的歌與搖滾巨星麥可傑克森的歌混音搭配呢。

❖ A mash-up is a meeting of two musical opposites; it's when two performers who seemingly have nothing in common get together to perform.（mash-up 當名詞用）
「混搭聯唱」是兩個相反音樂類型的相逢；指的是兩個看似毫無共同點的表演者湊在一起表演。

＊mash-up	(n.)	[`mæʃʌp]	混搭聯唱
＊collision	(n.)	[kə`lɪʒən]	撞擊
＊bootleg remix	(n.)	[`butˌlɛg ri`mɪks]	私自混音

job spill

reality show /reality TV (n. 真人秀)

很多年前，音樂電視台 MTV 首創一個名為 "Real World"（真實世界）的節目，在一棟房屋裡找來幾個來自不同地區、不同族裔的年輕人，拍攝他們同住一個屋簷下的一舉一動。由於室友中有男有女、居住的地點又通常在知名的觀光城市，因此這個節目當時受到全球年輕人的熱烈歡迎；這也是電視觀眾頭一遭可以這麼「近距離」的觀看一群人的生活點滴，與他們一起哭、一起笑。這個節目，據說就是 reality show 的鼻祖。

受到這個節目的啟發，這些年來美國及歐洲開始流行所謂的 reality show（真人秀）。reality show 顧名思義沒有導演、沒有演員、也沒有預設的情節，而是由真正的人在真實的情境做出真實的反應。只不過這些真實的東西最後還是會受到電視台的剪輯及挑選，因此呈現在觀眾眼前的不過是「真實的片段」。而且為了增加節目的可看性及觀眾的參與感，電視台通常會要求這些自願24小時被攝影機跟拍的人從事某種危險的競賽活動，以贏取高額獎金，而觀眾也可以藉由票選活動與節目互動。

美國眾多 reality shows 中知名度最高的要算是 "Survivor"（生存者）了，為了拿到最後的一百萬美元獎金，二十幾位男男女女寧可在荒島上辛苦勞動，不但吃不飽、穿不暖，還要爾虞我詐，想辦法把其他人幹掉，人性醜陋面一覽無遺，讓電視機前的觀眾覺得過癮極了！Survivor 創造收視奇蹟後，其他跟進的 reality show 還有 "Big Brother"（將一群男女禁錮在一間房子裡共同生活，

完全不能與外界接觸）、"Temptation Island"（將幾對男女朋友送到一個浪漫小島，然後再找些俊男美女引誘他們）、"Joe Millionaire"（一位高大英俊的建築工人假裝成富翁，從報名的女性中找出一位心儀的對象，然後再暴露自己真實身份，以測試「愛情」的力量）等，這些節目雖然收視率沒有 Survivor 高，不過還是引起不少話題。

儘管很多人批評這些 reality shows 都是在搞變態、比低級，不過也有些 reality shows 其實頗具新意、發人深省。例如美國的 PBS（Public Broadcasting Service，公共電視台）就曾製播一個名為"Frontier House" 的 reality show，徵選幾個自願嘗試美國早期西部拓荒生活的家庭（包括父母及小孩），在沒水沒電沒娛樂的蒙大拿領地（Montana Territory）過起1883年的原始生活，並且度過寒冬。可惜這個節目除了無聊的阿公阿媽及更無聊的歷史學家，根本沒啥人收看！

在美國，reality show 因為競爭激烈，走向越來越綜藝化，目前最紅的一個 reality show（NBC 電視台2004年的新節目）便找了美國地產大亨兼超級富豪 Donald Trump（唐納‧川普）親自製作、主持一個名為 "Apprentice"（學徒）的節目，在節目中他和其他面試者可以對那些求職者隨意調侃羞辱，不過因為最後的優勝者可以到川普的企業內工作一輩子，而且坐領六位數的年薪，因此還是有不少有野心的年輕人爭相上節目。

❖ I have to go home now because my favorite reality show "The Bachelor" is on tonight.

我要回家了，因為我最愛的真人秀「單身漢」今晚有播。

延伸單字

＊reality show	(n.)	[rɪ`ælətɪ ʃo]	真人秀
＊survivor	(n.)	[sə`vaɪvə]	生存者
＊apprentice	(n.)	[ə`prɛntɪs]	學徒

celebreality show
celeb-reality show
celeb reality show（n. 名人真人秀）

我們之前說過，reality show 是美國電視圈一股不可擋的風潮。這種節目的興盛說明了人類對「偷窺」與生俱來的深層慾望，reality show 剛好滿足了觀眾對其他人「公開」偷窺的好奇心。只不過觀眾的口味總是多變，看久了一群陌生人在攝影機前「賣力演出」，總覺得好像少了什麼……沒錯，少的就是那股「明星味」！

抓準了大眾既愛偷窺又愛看名人的心理，這兩年各家電視台無不卯足勁製播 celebreality 形式的節目，使其成為新一代的觀眾寵兒。celebreality 是 celebrity（名人）+ reality（現實；真實），指的就是以明星或公眾人物為主角，拍攝其真實日常生活起居的電視節目型態。

在美國，幾個有名的 celebreality shows 包括 "The Osbournes"、"The Anna Nicole Show"、"Celebrity Boot Camp" 等。不過這裡所指的 celebrity 當然不是真正的 A-list actor（當紅明星），而是一些 B-list / C-list actors（二線、三線演員）。所以你可千萬不要冀望在 celebreality show 中看到 Nicole Kidman（妮可・基曼）或 Tom Hanks（湯姆・漢克斯）哦！

而「真人秀」的始祖 MTV 也推出了一些以偶像歌星為主的 celebreality shows，最有名的該算是玉女歌手 Jessica Simpson 與夫婿 Nick 的節目 "The Newlyweds"（新婚夫婦），節目中只見攝影機每天跟著這對新婚夫婦團團轉。節目大受歡迎後，MTV 也

幫 Jessica Simpson 的妹妹 Ashlee Simpson 如法炮製了個 "The Ashlee Simpson Show"，在節目中呈現了她從默默無聞到成功出道的經過，裡面甚至還有她與不同男友火辣辣的愛恨情仇，簡直比八點檔連續劇還精彩。不過這兩個節目再怎麼誇張，也比不上 party animals（派對動物）Paris Hilton 與 Nicole Richie 的節目 "The Simple Life"，這兩個女生一個是希爾頓集團的億萬財產繼承人，一個是歌星 Lionel Richie（萊諾·李奇）的女兒，兩個天之驕女活脫脫就是「胸大無腦」的寫照，製作單位偏偏安排她們到美國鄉間去幫忙農夫家庭餵牛餵馬擠牛奶，光是想向兩個裙子短到「衣不蔽體」的金髮美女穿著高跟鞋替牛洗澡，那個畫面就很好笑了！

看準大眾喜歡偷窺明星的心態，美國另一個音樂電視台 VH1 也推出了 celebreality series（名人真實秀系列節目），包括 "The Surreal Life"、"Celebrity Fit Club"、以及 "Strange Love"，標榜的都是二線演員、歌星大搞男女關係、減肥、彼此生活在一起的種種喜怒哀樂，讓 VH1 連連創下該台的歷史收視高峰。

奇怪，既然「名人真實秀」如此受歡迎，為什麼狗仔隊特多、凡事愛抄襲的台灣電視節目至今尚未推出台灣版的 celebreality show？

❖ The "celebreality show" is just like the reality programs, only with C-list celebrities instead of ordinary people-- it's more fun with famous people!

「名人真實秀」就像「真人秀」，只不過它們請的不是一般人，而是小明星──看名人總是比較有趣！

延伸單字

*celebreality show	(n.)	[sə`lɛbrɪ`ælətɪ ʃo]	名人真人秀
*newlywed	(n.)	[`njulɪˌwɛd]	新婚夫婦
*party animal	(n.)	[`partɪ ˌænəml]	派對動物
*series	(n.)	[`sɪrɪz]	系列

hydrotherapy（n. 水療）

現代人吃得好、穿得好、用得好，照理說身體應該很健康才對，奇怪的是很多人卻因此有以下症狀：

- ✠ 成天坐在桌前打電腦，結果得了 RSI（Repetitive Strain Injury；手腕症），

- ✠ 每天衝、衝、衝，衝出職場傳染病 hurry sickness（急驚風；匆忙病）

- ✠「上班一條龍、下班一條蟲、周休二日變成蛹」，得了 leisure sickness （休閒病）

有了這些文明病該怎麼辦呢？別急，因應現代人的問題，腦筋轉得比「美麗華」摩天輪還要快的商人便想出了許多花招，來讓可憐的現代人荷包失血，hydrotherapy 便是其中一種。hydrotherapy 是由 hydro-（「水」的字根）+ therapy（治療；療法）而來，顧名思義就是「用水來治療」。hydrotherapy 據說是西元前兩千多年就已存在的物理療法，主要是利用水溫及水波震動等特性來治療關節方面的疾病。

這幾年台灣及國外非常流行的 colon hydrotherapy（灌腸；大腸水療；浣腸治療）也是 hydrotherapy 的一種，其方法就是將水從一個人的屁屁灌進去（其餘的請自行想像），據說有美容、纖腰、減壓、降血脂、改善便秘、排毒……等功效，不過效果如何，可能要請問屁屁很痛的當事人。

說到 hydrotherapy，不可不提另一個有趣新詞是 detoxification

（排毒療法；或稱 detoxification therapy）。這類的 body cleansing（體內環保；身體清理）已成為二十一世紀的保健新概念，大家有錢有閒之餘，都希望將平日不好的生活作息、所吃的垃圾食品、以及環境污染導致的體內毒素排出，所以 detoxification 已是潮流所趨。

除了hydrotherapy，全世界現在也很流行 aromatherapy（芳香療法；香薰治療）。這個字是由 aroma（香味；芳香）與 therapy 結合而來，其方法不外是利用 essential oil（精油）所蘊含的香味來舒壓、治病；當然，療效如何，還是要請教皮膚被燙傷或被燻得頭昏腦脹的當事人。

講到上述這些療法，大家不可不知的字莫過於 spa。spa 這個字源自拉丁文的 Solus Par Aqua，意思是「藉由水來促進健康」。在中古世紀的歐洲，許多貴族認為溫泉可以達到治病的效果，因此早期的 spa 多以病理性治療為主，不過近幾年來 spa 已變成休閒時髦的玩意了！

例　句

❖ Hydrotherapy is a traditional method of treatment that has been used by many cultures, including ancient Rome, China, and Japan; it is mainly used to stimulate digestion, the blood circulation, and the immune system, and to bring relief from pain.

「水療」是一種已被許多文化社會所使用的傳統治療方式，包括古羅馬、中國、日本；它主要是用來刺激消化、血液循環、以及免疫系統，它也可以用來減輕疼痛。

* hydrotherapy	(n.)	[haɪdro`θɛrəpɪ]	水療
* detoxification	(n.)	[di,taksəfə`keʃən]	排毒療法
* aromatherapy	(n.)	[ə`romə,θɛrəpɪ]	芳香療法
* aroma	(n.)	[ə`romə]	香味；芳香
* essential oil	(n.)	[ə`sɛnʃəl ɔɪl]	精油

hot desk

oxygen bar（n. 氧氣吧）

　　以前在美國，很多員工在一整天辛勤的工作後，都會跟同事說：Let's meet up at the bar!（我們在酒吧碰頭！）不過，在21世紀的今天，這個 bar 可能「此 bar 非彼 bar」，指的是 oxygen bar 的 bar！

　　所謂的 oxygen bar，指的就是都市內的 spa，是這幾年在美國、加拿大、以及日本新興的、對抗都市生活壓力的場所。在 oxygen bar 裡，顧客除了可以做一般在普通酒吧做的事，還可以對著一台一台的機器，自由地吸入純氧（pure oxygen 或 plain oxygen）；據說這會幫助顧客 clean the system of toxins（排除體內的毒素）、regenerate cells（加速細胞新生）、reduce fatigue（消除疲勞）、reduce stresses（減低壓力）、increase energy and stamina（增加精力）、以及 perk one up and clear one's minds（使人頭腦恢復清醒）。

　　oxygen bar 到底從那個國家開始發源的已不可考，不過據說加拿大第一家 oxygen bar 在1996年出現後，便受到熱烈的歡迎，流風所及，美國許多都市，如 New York 與 L.A.，都可以看到 oxygen bar 的蹤跡。不過 oxygen bar 這麼神奇，其索價必然不低（每吸15分鐘要花15~25美元），你或許會問：有誰這麼有閒有錢，可以泡 oxygen bar 像泡酒吧一樣？事實上，許多追求時尚且注重養身的好萊塢名流（如美國影星 Julia Roberts）便是 oxygen bar 的忠實顧客，還有很多明星自己吸得不過癮，乾脆跳下來開 oxygen bar！

在香港，據說還有聰明的業者充分發揮 glocalization（全球在地化；參考第88頁）的精神，將中藥材加入純氧中，形成所謂「中藥氧氣吧」（Chinese traditional medicine oxygen bar），號稱可以解決香港人長期以來的「缺氧」問題，並幫助上班族消除「辦公室候群症」，例如疲倦、頭痛、抵抗力低等症狀。

在台灣，漸漸也有腦筋動得快的美容按摩業者，在店內提供純氧讓顧客吸食，只是尚未蔚為風潮。如果你對此道很有興趣，又不喜歡在公開場合與大家一起吸氧，或許可以考慮買一台 oxygen machine（私人氧氣吧），讓自己在家中也能享受大自然！

例　句

❖ Many oxygen bar owners in Taiwan add fruity flavors to their oxygen, claiming that it can cure migraine, cold, and other urban disorders.

許多台灣的「氧氣吧」業者在氧氣中加入水果香味，聲稱這樣可以治療偏頭痛、感冒，以及其他都市疾病。

延伸單字

＊oxygen bar	(n.)	[ˋɑksədʒən bɑr]	氧氣吧
＊toxin	(n.)	[ˋtɑksɪn]	毒素
＊stamina	(n.)	[ˋstæmənə]	精力

tanorexia（n. 日曬狂熱）
tanorexic（n. 日曬狂）

（入圍2003年 ADS「最有創意單字」）

　　說起現代年輕女性的煩惱，除了體重外，大概就是膚色了！不過「膚色」這件事，真是「東西大不同」：在台灣及日本等亞洲國家的女生，遇到豔陽高照的日子，不是猛搽防曬油，就是穿長袖、戴帽子、撐陽傘，而坊間所賣的保養品，只要冠上「美白」兩字，一定是大賣的保證；相對的，西方國家的女生就不愛天生 pale（蒼白的）膚色，反而偏愛小麥色，因此有事沒事總愛跑到太陽底下大曬特曬，恨不得可以擁有健康膚色。也因為這股「小麥膚色」的風潮，那些不能天天跑海灘的人便都跑到 tanning salon（日曬沙龍）去，利用 tanning machine 或 tanning bed（日曬機）的 artificial light（人造光），將膚色曬黑。有些比較瘋狂的人，還會每星期到 tanning salon 報到，藉以維持 bronzed, sun-kissed sheen（古銅色、具陽光的色澤）。

　　tanorexia 這個字是從 tan（日曬顏色）+ anorexia（厭食症）變種而來，用來形容那些曬太陽曬上癮的病症，有戲謔之意。前陣子便有一個新聞以 tanorexia 為主題，道出了當一個現代美女的苦處：It seems it is not just weight that matters anymore; females in their teens and twenties have been swallowed into a new beauty craze--Tanorexia.（問題似乎不只是「體重」；十幾、二十幾歲的女生已經輕易地迷上了另一個新的美容瘋——「日曬狂熱」。）

在美國，有些年輕女孩子一星期上好幾次 tanning center，完全不怕被曬傷，也不顧專家對「皮膚癌」的警告，這群瘋狂女便被冠以 tanorexic 的稱號，很誇張吧！

例　句

❖ Tanorexics believe that the darker the tan, the healthier, slimmer and more beautiful they look; however, recent studies show that girls who visit tanning salons increase their chance of getting skin cancer by one and a half times.

「日曬狂」們相信越深的膚色越健康、看起來越瘦、也越漂亮；不過最近的研究顯示，去日曬沙龍的女生會增加她們罹患皮膚癌機率的1.5倍。

延 伸 單 字

tanorexia	(n.)	[tænə`rɛksɪə]	日曬狂熱
tanorexic	(n.)	[ˌtænə`rɛksɪk]	日曬狂
pale	(adj.)	[pel]	蒼白的
tanning salon	(n.)	[tænɪŋ sa`lon]	日曬沙龍
sheen	(n.)	[ʃin]	光澤
anorexia	(n.)	[ˌænə`rɛksɪə]	厭食症

CHAPTER 4

不可不知的新文化
社會萬象篇

wingwoman（n. 女陪伴）

　　哇，「女陪伴」？什麼時候這本書竟變成 R-rated（限制級的）了？別緊張！wingwoman 是一種新興的行業，在這種「主雇關係」中，男性付錢請擔任 wingwoman 的女性幫他們去追求心儀的異性，而 wingwoman 的職責，便是以「男性友人」的身份陪同泡夜店、參加 party，利用其女性的身份，取得其他女性的信任，來大力推銷男性，協助他們認識異性。

　　你或許會問：這是什麼怪行業呀？其實，wingwoman 這個新詞是從 wingman 衍生而來的。wingman 原是空軍術語，指的是飛在後頭，提供友機掩護或支援的「僚機」或「僚機駕駛員」，可見在飛行戰鬥中，wingman 具非常重要的輔助功能。至於軍事上的 wingman 如何變成流行文化中男女關係的 wingman 呢？

　　這個字的發揚光大起於1996年的好萊塢電影 "Swingers"（求愛俗辣），劇中兩位男主角充當彼此的 wingman，只要泡美眉一定結伴而行，由其中一人向美眉吹噓另一人的好，藉由互相幫忙、掩護，達成幫助死黨「贏得美人心」的任務。好笑的是，充當 wingman 的男性很多時候必須「犧牲」自己，與漂亮美眉身旁的恐龍妹搭訕，以誘使漂亮美眉轉移注意力到自己死黨的身上。這也是為什麼在美國酒吧常會聽到男性彼此說：All right man, I'll be wingman this time, but you owe me big time!（好吧老兄，我這次就充當男陪伴，不過這樣你欠我很多哦！）

　　試想，死黨們為了成全好友而犧牲自己，多感人的同性情誼

啊！這也是為什麼市面上會出現 professional wingman（職業的男陪伴）。只不過「男男」招數用多了，聰明的美眉也看穿了，更何況現在壞人那麼多，漂亮美眉一看到男生來搭訕，通常會有戒心。也因此，腦筋動得快的商家便提供由女性擔任 wingwoman 的職務，讓她們陪害羞的男性一起活動，遇到男性喜歡的美眉，便由她們出馬，在這些美眉面前假裝與這男性很熟，說盡這男性的好話，讓美眉誤以為真。因為 wingwoman 與美眉同為女性，所以更能贏得美眉的信任及親切感。據說「成功率」比 wingman 高得多呢！

例　句

❖ Mary is a professional wingwoman, who accompanies men to bars and clubs and helps them pick up beautiful women.

Mary 是個專業的女陪伴，她伴著男生到酒吧，幫助他們釣到漂亮美眉。

延伸單字

*wingwoman	(n.)	[ˋwɪŋ͵wumən]	女陪伴
*R-rated	(adj.)	[arˋretɪd]	限制級的
*wingman	(n.)	[ˋwɪŋ͵mən]	僚機；僚機駕駛員
*swinger	(n.)	[ˋswɪŋɚ]	趕時髦的人

glocalization （n. 全球在地化）

glocalization 這個詞是由美國社會學家 Roland Robertson 在90年代中提出來的，不過一直要到這幾年才被廣泛討論。glocalization 是 globalization（全球化）與 localization（在地化）的綜合體，因此要知道何謂 glocalization，首先要瞭解什麼是 globalization 與 localization。

在21世紀的今天，globalization 已是許多國家或企業所汲汲追求的目標：從經濟層面到社會、政治、資訊、文化、食衣住行育樂等等。

但經過這些年的全球化過程，許多人慢慢發現，全然的 globalization 太理想化，也造成許多問題；一個最常被討論的議題是，"globalization" usually leads to "convergence" and even "Americanization"（「全球化」往往導致「一致化」、甚至「美國化」）。在全球人口、資本、技術、思想等大量且快速的流動下，全球一體化的意識形態已主導人類生活的各個層面，因此很多傳統的地方差異便容易顯得不合時宜，甚至有被淘汰之虞。globalization 體現在日常生活的層面上，則顯得更加霸道：當代表都會時尚的 Starbucks（星巴客咖啡）一家接著一家佔據台北街頭，咖啡的口味便逐漸變得統一；當 MTV 電台全天候向全球放送，台灣歌手便一個個嘻哈饒舌起來；當代表美國文化的 Coca Cola（可口可樂）、jeans（牛仔褲）、好萊塢電影、漢堡……一波波向台灣襲來，很少有本土的產品可以抵擋得了，以致紛紛退守。台灣如此，

世界皆然，因此你在世界各地都可以看到美國的 Starbucks、MTV、Coca Cola，大家都穿牛仔褲，都看好萊塢電影，都吃漢堡……。雖然方便極了，卻也……單調極了！

　　當全世界都變成一個樣，而且是「美國樣」，不禁讓很多人質疑：這就是我們念茲在茲的 globalization 嗎？隨著各地文化、語言、本土認同的逐漸消失，大家驚覺失去了屬於自己的根。既然 globalization 無法解答所有問題，而全然的 localization 又顯得狹隘，glocalization 的概念便漸漸形成。

　　glocalization 得以讓 globalization 的一元化朝多元化的方向發展，並且讓個別國家或地區擁有識別性、讓當地居民發展出屬於自己獨特的 identity（認同）。根據 Roland Robertson 的看法，glocalization 是一種藉由「全球化」的跨國移動，來協助建構、促進「在地化」發展的過程。用在目前最熱門的商業領域裡，glocalization 指的便是一個企業的產品或服務，雖然以行銷全球為目的，但會因為當地的市場作改變，以符合該地區的文化。也因此，我們會看到台灣的麥當勞會兼賣速食中餐及米漢堡、肯德基會兼賣裡面夾有麵醬及青蔥的炸雞捲……。

例　句

❖ The latest trend toward global marketing is glocalization: making a global product fit the local market.
最晚近的全球市場行銷趨勢是「全球在地化」：讓全球化的商品適合地方性的市場。

＊glocalization	(n.)	[glokəlɪ`zeʃən]	全球在地化
＊globalization	(n.)	[globəlɪ`zeʃən]	全球化
＊localization	(n.)	[lokəlɪ`zeʃən]	在地化
＊identity	(n.)	[aɪ`dɛntətɪ]	認同

grazing

hyper-parenting（n. 過動管教方式）
hyper-parent（n. 過動管教孩子的父母；v. 過動管教）

眾所周知，「過動兒」叫做 hyperactive child，可是你知道，這世界上也有「過動父母」嗎？

要當個稱職的現代父母還真不是件容易的事：除了自己的工作外，平日要接送小孩去上補習班、安親班、才藝班，還要三不五時指導他們做功課；好不容易盼得週休二日，還得帶他們去參觀博物館、美術館、親近大自然；寒暑假更誇張，還要幫小朋友報名夏令營、魔鬼營、英語營……簡直把自己當作神，把小孩當超人！

也因此，很多父母成了名符其實的 hyper-parents，而他們管教的方式便稱為 hyper-parenting。很多犯了 hyper-parenting 的父母太在意孩子的時間規劃，每天幫小孩安排各式各樣的學習課程；而很多 hyper-parents 之所以這麼做，通常因為他們平日忙於事業，無法花時間陪伴孩子，因此希望藉由替孩子安排「多采多姿」的生活來彌補愧疚。這些父母在自己休假時，更會瘋狂地拖著小孩到處跑，不是「參觀」這個、便是「學」那個，搞得自己累得半死。

hyper-parenting 的概念最先是由 *"The Over Scheduled Child: Avoiding the Hyper-parenting Trap"* 這本書的兩位作者 Alvin Rosenfeld（兒童精神病醫師）及 Nicole Wise（資深家庭問題記者）提出來的，他們指出，現代父母「望子成龍」的行為很多時候「愛之足以害之」，不僅讓孩子的成長失去樂趣，還可能導致親子關係出現嚴重的問題。所以親愛的父母：下次你在忙著替小孩安排

活動時，別忘了問問自己：你的愛，是否造成小孩沈重的負擔？

例　句

❖ Many Taiwanese kids are victims of hyper-parenting--
pushed by their parents towards after-school activities,
weekend lessons, summer talent camps, etc.
許多台灣小孩是「過動管教方式」的受害者——被父母逼著
參加課後活動、假日課程、暑期才藝營等等。

延伸單字

＊hyper-parenting　　(n.)　　[ˌhaɪpɚˋpɛrəntɪŋ]　　過動管教方式
＊hyperactive child　(n.)　　[ˌhaɪpɚˋæktɪv tʃaɪld]　　過動兒

Judas biography（n. 叛徒自傳）

熟讀聖經的人都知道，聖經裡面有一個大叛徒，名叫 Judas（猶大）。根據記載，猶大不僅和耶穌有過衝突，甚至在最後背叛了耶穌。想想看：這樣十惡不赦的人如果出了傳記，是不是很令人髮指呢？

Judas biography 就是借用 Judas 來形容一個出自傳的人，在自傳中詆毀或侮辱以前的另一半或朋友的情形。怎樣，很可惡吧？

這幾年在美國及歐洲，有越來越多的人出版了所謂的 Judas biography，在自傳裡拐彎抹角的大罵前妻或前夫，然後連周遭的朋友也一併罵進去，十足的沒有風度。台灣前陣子也有位女星將自己過去與某天王的交往史集結成書，書中除了有如情色小說般煽情的描述，還附上天王親筆寫的「愛的短箋」及兩人合照，用來取信讀者。這本書上市後，果然引來許多天王粉絲的強烈抗議。像這種未經當事人同意，只靠片面之詞，將自己與對方多年前交往的點滴，毫無保留地暴露在讀者面前的作法實在可議！不過奇怪的是，這位 Judas biographer（叛徒自傳作家）還宣稱裡面所寫的內容對天王只有褒沒有貶，毫無不道德之處，真可以說是大言不慚啊！

❖ Jack has written several Judas biographies that denigrate and betray his unfortunate ex-wife and former friends.

Jack 寫了幾本「叛徒自傳」，誹謗且出賣了他倒楣的前妻及朋友。

延伸單字

*Judas biography	(n.)	[`dʒudəs baɪ`ɑgrəfɪ]	叛徒自傳
*biographer	(n.)	[baɪ`ɑgrəfɚ]	傳記作家
*denigrate	(v.)	[`dɛnə͵gret]	詆毀

paparazzi biographer（n. 狗仔傳記作家）

　　這裡要介紹的另一種作家，與之前的 Judas biographer 很類似，都是以出賣別人的八卦新聞來賺錢。這些人稱為 paparazzi biographers，是專門寫 unauthorized（未經過授權的）名人傳記，因此被稱為「狗仔傳記作家」。這些 paparazzi biographers 完全不顧被寫的「傳主」（或者該稱為「苦主」？）根本不願意被作傳，硬要將其生平出書；所以，這些 paparazzi biographers 在寫作時，常會被傳主列為「拒絕往來戶」，傳主不僅拒絕被採訪、拒絕提供任何資料，也會要求其他親朋好友不要接受此 paparazzi biographer 訪問，激烈一點的傳主甚至會在書上市後控告、威脅作者。但是這些 paparazzi biographers 可不是浪得虛名，他們就是有辦法在重重困難中，利用手邊僅有的資訊、加上一些與傳主有關的八卦及傳聞，洋洋灑灑地寫成一本未經查證的傳記！

　　你或許會問：當今世上最有名（或者該說「惡名昭彰」）的 paparazzi biographer 到底是誰？哈，應該非 Kitty Kelley 莫屬！她以前曾「不請自出」了許多本名人傳記，包括：

* *The Royals*（講的是英國皇室的醜聞，包括 Queen Elizabeth、Princess Diana 與 Prince Charles 等人的一大堆八卦）

* *Nancy Reagan: The Unauthorized Biography*（講的是美國故總統雷根的妻子南西的一大堆八卦）

* *Jackie Oh!*（講的是美國故總統甘乃迪的妻子賈桂琳的一大堆

八卦）

- ✠ *Elizabeth Taylor: The Last Star*（講的是影星伊麗莎白‧泰勒的一大堆八卦）

- ✠ *His Way: An Unauthorized Biography Of Frank Sinatra*（講的是大明星法蘭克‧辛那屈的一大堆八卦）

這裡所列的每本書都內容精彩、高潮迭起，且都是超級暢銷書！不過 Kitty Kelley 也因此官司纏身。奇怪的是，雖然 Kitty Kelley 常常被人非難，卻還曾得過 American Society of Journalists and Authors（美國記者作家協會）所頒的傑出作家獎呢！Kitty Kelley 的近作是 *The Family*，寫的是布希家族的發跡史，在這本厚達七百頁的「鉅著」中，詳述了布希家族的負面消息與眾多醜聞。不過這本書雖然暢銷，卻似乎撼動不了堅固如山的「布希王朝」，因為小布希在本書出版後照樣連任⋯⋯ 唉！

例 句

❖ Kitty Kelley is one of the best-known paparazzi biographers in the US; she usually writes gossipy, juicy, and factually suspect biographies of some really famous people.

Kitty Kelley 是美國最知名的「狗仔傳記作家」之一；她通常寫八卦、精采、事實有待商榷的名人傳記。

* paparazzi biographer　(n.)　[papaˋratzɪ baɪˋagrəfə]
狗仔傳記作家

* unauthorized　(adj.)　[ʌnˋɔθəˏraɪzd]　未經授權的

ghost work

hand-me-up（adj. n. v. 上一輩撿下一輩的舊東西）

在台灣，相信很多人在成長過程中都曾穿過 hand-me-down clothes，亦即由 older siblings（哥哥姊姊）傳給 younger siblings（弟弟妹妹）的舊衣服。由此可知 hand-me-downs（一個傳一個的舊衣服）算是英文中十分常見的詞，可是什麼是 hand-me-up 呢？hand-me-up 與 hand-me-down 恰恰相反，指的是「年輕一輩將自己不用的東西留給老一輩的人用」的現象。

你或許會狐疑：有什麼東西可以從上一輩傳到下一輩？根據統計，最常見的 hand-me-ups 有：

✠ 電腦、手機、或科技相關產品（因為這些產品推陳出新的速度很快，年輕人的汰換速度因而也快）

✠ 衣服（年輕人總是喜新厭舊，爸媽或爺爺奶奶捨不得花錢，於是樂得撿下一代的舊衣服穿，有時穿出去可能還會被街坊鄰居誇讚，因為樣式可能還蠻 fashionable 的）

✠ 車子（還是老話一句，老一輩能省則省）。

所以下次如果在路上看到一位老太太手拿一支鑲著假鑽的手機，或者一位老先生身穿一件艷橘的夏威夷襯衫配上垮褲，你千萬別大驚小怪，他們不過就是 hand-me-ups 的實踐者罷了！

❖ Jenny just gave a hand-me-up computer driver to her mom.

Jenny 剛把她用過的電腦主機給她媽。（hand-me-up 在此當形容詞用）

❖ John's BMW is a hand-me-up from his son, but it's still young, only 3 years old.

John 的 BMW 轎車是他兒子用過後給他的，不過那車子還算新，才用過三年。（hand-me-up 在此當名詞用）

❖ Her cell phone was hand-me-upped to her grandparents, and they are being educated on how to use it.

她把手機留給祖父母用，而且告訴他們該如何使用該手機。（hand-me-up 在此當動詞用）

延伸單字

＊hand-me-up	[ˋhændmiʌp]	上一輩撿下一輩的東西
＊sibling (n.)	[ˋsɪblɪŋ]	兄弟姊妹
＊fashionable (adj.)	[ˋfæʃənəbḷ]	時髦的

snob effect（n. 虛榮效應）

親愛的讀者：你是不是曾因為周遭朋友都買某項商品，刺激你也想買那樣商品？或者，你是不是曾經因為某項商品非常少人有，而刺激你想要擁有它的慾望？

一般而言，在市場上的商品，通常利用兩種截然不同的行銷手法來刺激消費者的購買慾，一種是 bandwagon effect（電子花車效應），一種就是 snob effect。所謂的 bandwagon effect 就是我們上面講的，「大家都有，所以我也想有，以免落伍」的心態；snob effect 則恰恰相反，它雖然也是一種想購買某個產品的慾望，不過這種慾望純粹來自這產品的「高價」或「極端稀有」，例如 Ferraris（法拉利跑車）或 haute couture（高級訂製時裝）。

而一個商品一旦被貼上「高價」或「極端稀有」的標籤，便會吸引社會上一小撮超級有錢（或者自認超級有品味）人士的購買慾，因為擁有這些商品有助於提升其身價及社會地位，因此這些商品不論品質好壞，一定會大賣，而且價格越高、需求越大（因為能買得起的人就越少了），snob effect 就越彰顯。

不過要注意的是，並不是每種高價的商品就一定擁有很高的 snob effect 哦，例如現在全世界到處都有仿冒的 Rolex（勞力士錶），而且做得維妙維肖，人手一支，於是用高價買到真的 Rolex 的人，其所享受到的 snob effect 便所剩無幾了！在台灣，現在滿街都是提 LV 包包的人，於是真正擁有這個品牌的買家，便全然享受不到其所帶來的 snob effect，尤其在看到滿街都有歐巴桑拿仿

製的 LV 當菜籃時，可能還會氣得吐血吧？我有一個朋友，之前是 Burberry 的擁護者，這幾年因為台灣忽然大量流行其仿冒品，就氣得將之前所有的 Burberry 真品全都送人呢！

例　句

❖ When counterfeit Kelly Bags are everywhere in downtown Taipei, the owners of genuine Kelly bags benefiting from the snob effect is greatly reduced!
當台北街頭到處有人提著假的「凱莉包」時，擁有真「凱莉包」的人所能享受的「虛榮效應」便大大減低了！

延伸單字

* snob effect (n.)	[snab ε`fεkt]	虛榮效應
* bandwagon effect (n.)	[`bænd,wægən ε`fεkt] 電子花車效應	
* haute couture (n.)	[`ot kə`tur]	高級訂製時裝
* counterfeit (adj.)	[`kaʊntɚ,fɪt]	偽造的

sudden wealth syndrome（n. 一夜致富症候群）

英文裡還有一個新詞，也是與 wealth 有關，稱為 sudden wealth syndrome，主要形容那些以前沒有錢，卻因突然大大有錢而罹患的症候群。這個詞原本是在形容網路經濟熱絡的那幾年，一些科技新貴因為股票急遽大漲、急速累積財富時得到的症候群；不過後來也用在 lottery winner（彩券得主）、estate heir（財產繼承人）、或其他一夕致富的人身上。

自從幾年前台灣推出「樂透」（lottery）後，得到 sudden wealth syndrome 的人就越來越多了！這些症候群包括：

- increase in anxiety or panic attacks（焦慮感增加或被恐慌感侵襲增加）
- sleep disorders（睡眠混亂）
- irritable mood（易怒）
- feeling guilty or overly self-confident（不是感到罪惡就是過份自傲）
- identity confusion（自我認同混淆）
- marked fears of loss of control（明顯害怕失去控制權）
- increase in feelings of depression（憂鬱感增加）

值得注意的是，sudden wealth syndrome 不只可以形容個人，也可以形容一個地區或國家。例如美國某些 Native American tribes（印地安原住民部落）在獲得政府賠償以往侵佔土地的大筆金額後，整個社群往往會出現 sudden wealth syndrome。另外，台灣及日本都曾經歷過經濟快速起飛、社會快速富裕的階段，這些社會在當時便也很容易出現集體的 sudden wealth syndrome（暴發戶心態）！

例　句

❖ Many lottery winners suffer from "sudden wealth syndrome," which results in impulsive spending and social isolation.
很多樂透獎得主遭遇到「一夜致富症候群」，他們因此亂花錢，而且孤立自己。

延伸單字

＊sudden wealth syndrome　(n.)　[ˋsʌdn̩ wɛlθ ˋsɪndrom] 　一夜致富症候群
＊estate heir　(n.)　[əˋstet ɛr]　財產繼承人
＊irritable mood　(n.)　[ˋɪrətəbl̩ mud]　易怒的情緒
＊tribe　(n.)　[traɪb]　部落

buzzword bingo（n. 流行語賓果）

　　你應該有這種經驗：每天上班有開不完的 meetings（會議），偏偏每個 meeting 都無聊到極點，老闆講來講去都是一堆 cliché（陳腔濫調），可憐的你想睡也不能睡、想看閒書也不敢看，只能兩眼發直的盯著會議桌，熬過漫漫長日……。別難過，你並不是唯一有這種悲慘遭遇的人！為了應付這種情形，有越來越多的員工會私下玩一種「賓果遊戲」，稱為 buzzword bingo。

　　buzzword是「流行語」、「關鍵字」、「閃亮動聽的詞」、或「行話」的意思，buzzword bingo 指的就是一種在公司裡開會時玩的賓果遊戲：每個與會者拿一張賓果單，上面印滿許多老闆或會議主席常會講到的 buzzwords（即所謂「冠冕堂皇的話」），底下的員工只要聽到這些字，便在自己的賓果單上將之圈起來或劃掉，最先連成一線的算贏，但因為畢竟身處會議場合，贏者不可大喊「Bingo！」，只能低調地用咳嗽聲或其他方式讓他人知道自己贏了。

　　以下就是個由許多 buzzwords 組成的 bingo card，下次與老外主管開會時別忘了帶這張去哦！

SOP	team building	sync up	pilot program	proactive
mission	integrate	action plan	networking	credibility
synergy	innovative	quality management system	partnership	resources
strategies	leadership	diversity	downsize	customer-oriented
business model	vision	spearhead	long term	alternative

＊ 以上 buzzword 的翻譯請參閱本書最後所附的字彙表。

buzzword 在中文裡沒有適切的翻譯，基本上就是 jargon（行話；專用術語）之意，是些常被人反覆引用、用來支持其觀點的字或詞。不過這些字雖然乍聽之下很冠冕堂皇，骨子裡卻很 vague（意義模糊）、甚至很 superficial（表象的；膚淺的）；一般而言，愛說 buzzword 的人大多刻意要贏得別人的尊敬或另眼看待。其他常見的 buzzwords 還包括：paradigm（範例；典型）、initiative（創始；主動的精神）、empowering（賦予權力；自我培力）、demystify（啟蒙；解開謎底）等。

❖ Here are copies of buzzword bingo; make sure everyone has a card before attending the meeting.

這裡是一堆的「流行語賓果」卡；每個人進去開會前別忘了拿一張。

延伸單字

＊buzzword bingo	(n.)	[bʌzwɝdˋbɪŋgo]	流行語賓果
＊cliché	(n.)	[kliˋʃe]	陳腔濫調
＊jargon	(n.)	[ˋdʒɑrgən]	行話；專用術語
＊superficial	(adj.)	[͵supɚˋfɪʃəl]	表象的；膚淺的
＊paradigm	(n.)	[ˋpærə͵daɪm]	範例；典型
＊initiative	(n.)	[ɪˋnɪʃɪ͵etɪv]	創始；主動的精神
＊empowering	(n.)	[ɪmˋpauə·ɪŋ]	賦予權力；自我培力
＊demystify	(v.)	[diˋmɪstəfaɪ]	啟蒙；解謎

NIMBY (n. 「鄰避」；社區捍衛)
NIMBYism (n. 「鄰避」心理；「鄰避」主義)

大家應該都看過美國影星 Julia Roberts 主演的電影 "Erin Brockovich"（永不妥協）吧？這個由真人故事改編的電影是以加州某地區的環保污染訴訟案為背景，電影中的女主角 Erin Brockovich 發現當地的一家電力公司隱瞞了污染公共用水的事實，導致當地居民罹患癌症及其他重大疾病。她於是挺身而出，以法律途徑幫助居民對抗大企業造成的環境污染，最後創下了美國史上最高庭外和解金：三億多美元。

在環保意識抬頭的今天，NIMBY 在歐美國家不再是個新鮮名詞，你可以很容易在許多的 community protest（社區抗議行動）中看到 NIMBY 的招牌及標語，意思就是：「別將垃圾倒在我家後院」（Not In My Back Yard）。這股風潮吹向台灣，蘭嶼民眾這幾年抗議台灣本島在當地興建核廢料貯存場的舉動，也是基於所謂的 NIMBYism。

因此 NIMBY 指的是「一個或一群人堅決反對在自家附近有任何可能危害健康或讓其心理不舒服的東西」，如：landfill（垃圾掩埋場）、waste incinerator（垃圾焚化爐）、gas station（加油站）、power plant（電廠）、airport（機場）等。

你或許會認為，NIMBY 代表現代人越來越注重自家附近的居住品質，值得鼓勵，不過 NIMBY 也常使得政府的公共政策無法執行，甚至傷害到其他地區或國家的居民。例如在美國，有些大城市因為居民長久以來組織 NIMBY 運動，不讓垃圾運進自家後院，當局者

因此被迫將垃圾運往其他地區。那些容忍自家後院成為垃圾堆的通常是較落後或經濟活動較不發達的地區，之所以這麼做，圖的是能夠得到經濟上的補助，以及創造當地的就業機會。值得注意的是，NIMBY 效應不只發生在一國境內，還常常發生在國與國之間，例如世界上很多窮國常成為富國垃圾、工業廢料及其他有毒物質的傾倒場地，可見 NIMBY 效應不只是環保問題，還可能是經濟、政治問題！

在眾多工業當中，核能工業應算是受到 NIMBY 效應影響最深的，因此許多使用核能的國家都想盡辦法要破解這股蔓延的 NIMBY 風。在台灣，很多環境抗爭起源於不當的公共建設，其出發點是為了關心自己的家鄉及爭取應有的權利，不過大多數環境抗爭的背後，還是普遍存在 NIMBYism，即所謂「只要不要在我家後院，其他的隨便你」，這種心態是比較值得探討的。

例　句

❖ NIMBYs cause a lot of public policies to not get done.
「鄰避者」導致很多的公共政策無法執行。

❖ Our community has just launched a series of NIMBY campaigns for hazardous chemical wastes.
我們社區才剛發動了一系列反對有害的化學廢棄物的「鄰避」活動。

* NIMBY (n.) [ˋnɪmbɪ] 鄰避

* NIMBYism (n.) [ˋnɪmbɪɪzm̩] 「鄰避」心理

* landfill (n.) [ˋlændfɪl] 垃圾掩埋場

* waste incinerator (n.) [west ɪnˋsɪnɚˌetɚ] 垃圾焚化爐

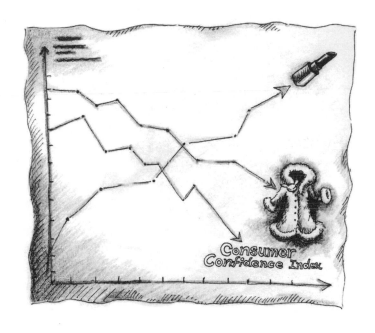

lipstick effect

actorvist

CHAPTER 5

走在世界頂端
電腦科技篇

spim / spIM （n. 即時垃圾簡訊）
spimmer （n. 發送即時垃圾簡訊者）

在網路發達的今天，相信你一定有收到 spam 的經驗。spam 指的是將一份內容相同的電子郵件，未經收信人的許可，大量寄給很多人。spam 多半是一些無聊的廣告訊息或沒有多大意義的文章、笑話和圖片，不過如果你覺得 spam 很煩人，那等著瞧另一種更煩人的 spim！

spim 這個新詞便是由 spam 衍伸而來：spam + IM＝spim，指的是從 IM（instant message；即時簡訊）不請自來的廣告訊息。現今很多人都藉由 America Online、Yahoo!、或 MSN 所提供的免費 IM 服務與朋友互傳訊息，不過在享受即時簡訊的同時，不免要受到 spim 的騷擾。

另一方面，美國為對抗猖獗的 spam，已經著手制定垃圾郵件法，很多網路用戶因此擔心，在垃圾郵件法制訂後，那些擔心被告的 spammers（發送垃圾電子郵件者）可能改用 IM 來做為大量傳發廣告的管道。雖然目前 spim 對 IM 用戶的影響尚未明顯，不過根據統計，2003年全世界發出去的 spim 訊息共4億則，2004年底則暴增到15億則，因此 spim 的問題正在擴大當中。

許多專家認為，跟 spam 相比，spim 其實更具破壞性，因為 spam 雖然可以塞到一般用戶的 mailbox，但是用戶可以自行決定要不要打開或刪除 spam；spim 就不同，因為 IM 訊息一傳出，它就會自動在用戶的 IM 畫面中顯現，讓人防不勝防、束手無策、精神崩潰。另外，spim 也可能威脅網路安全，因為嵌入 IM 的 hyperlink

（超連結）可能讓用戶連結到有病毒的網頁。

　　據說現在市面上已有 anti-spim software product（防即時垃圾簡訊軟體產品），可以解決 spim 問題。話說回來，幸好 LKK 的我是個科技白癡，到現在都還不會使用 IM，因此也省卻了被 spim 的機會，或許過陣子我應該連 email 都停用，這樣惱人的 spam 問題也可以一併解決了，哈哈！

例　句

❖ One more spim today and I will go crazy!
　今天若再收到一條垃圾即時簡訊，我就要花轟了！

延伸單字

*spim	(n.)	[spɪm]	即時垃圾簡訊
*spam	(n.)	[spæm]	垃圾郵件
*hyperlink	(n.)	[ˋhaɪpəˋlɪŋk]	超連結

phishing（n. 網路釣魚）

（獲選2004年 ADS「最有用單字」）

讀者可能有這種經驗：你突然收到一封大台北瓦斯公司的 email，打開一看，原來是瓦斯公司現在正在 update 客戶資料，請你在限定日期內連結到信中所附的網站去重新填寫資料，不然帳號會被凍結。因為你本身剛好是大台北瓦斯的客戶、這封 email 又附有公司經理的署名，你便點了連結，在大台北瓦斯公司的網站上按部就班的填入個人資料及信用卡號碼，結果隔幾天，發現自己戶頭的錢被提領一空！

到底怎麼回事呢？

原來，你成了所謂 identity theft（盜用他人身分犯罪）的受害者！而這種騙術就稱之為 phishing；之所以用 phishing 這個字，是因為 phishing 與 fishing 諧音，就好像在網路上「釣無辜的魚」一般。

phishing 指的是歹徒（稱為 phish 或 phisher）製造一個與原已存在的網頁一模一樣的「假」網頁，把使用者騙到這網頁上，讓其輸入個人資料，如姓名、身份證字號、銀行帳號、密碼等，從而劫取使用者的錢。在美國，最常被歹徒模仿的網站都是些知名的網站，如 AOL、eBay、Citibank、PayPal、Amazon.com、Yahoo!、Best Buy，因為許多網路使用者都曾經與這些大公司交易過，所以歹徒亂槍打鳥，總會讓收到 email 的使用者信以為真，一不小心就把自己的資料洩漏光光。

phishing 這種 online scam（網路詐騙）的手法比起台灣現在最流行的 phone scam（電話詐騙）還要「高科技」，算是十分高明的智慧犯罪。不過聽說台灣現在也漸漸流行這種 phishing 騙術，還假藉信用卡公司網站、民宿廣告、大賣場網站等等，你可千萬不要上當哦！

phishing 又可稱為 carding、brand spoofing、或 hoax e-mail。

例　句

❖ To the police, phishing is the hottest and most troubling new scam on the Internet.

對警察而言，「網路釣魚」是網際網路最熱門也最令人苦惱的新騙術。

延伸單字

＊phishing	(n.)	[ˋfɪʃɪŋ]	網路釣魚
＊theft	(n.)	[θɛft]	小偷
＊scam	(n.)	[skæm]	詐騙
＊spoof	(v.)	[spuf]	愚弄；欺騙
＊hoax	(n.)	[hoks]	惡作劇

cybersquatting（n. 網路搶註）
cybersquatter（n. 網路蟑螂）

　　在科技發達的今天，一個人只要具有生意頭腦，再加上一點創意，通常可以賺到不少錢。不過「一種米養百種人」，我們今天就要介紹一種很奇怪的科技「行業」：cybersquatting，指的是搶先一步去登記含有企業或個人名稱的 domain name（網域名稱），且通常是熱門的行業名或商標名，日後再以高價賣給該企業或個人，以賺取暴利的行為。

　　你或許納悶：為什麼這種行業會有「賺頭」呢？其實一個公司或一般人架設網站時，都會希望以自己的公司名或個人姓名當網址，不過若上網註冊時，才發現自己的名稱已被人早一步註冊，這時候便必須花一筆錢將這網址「贖回」，而這些 cybersquatters，就是靠這種搶註別人網址、然後等待別人贖回來賺錢。例如，一個 cybersquatter 可能會早早去註冊 www.coca-cola.com 及 www.mtv.com 等網址，然後坐在家裡等著可口可樂公司及 MTV 音樂台用天價來向他買回這些網址。哇，這種在家坐著就有錢賺的行業，聰明的我怎麼沒有早一步想到呢？

❖ Although trademark laws have offered some protection for consumers, it is much cheaper and easier to buy the domain name from the cybersquatter than it is to sue for its use.

雖然商標法已經提供消費者一些保障，不過向「網路蟑螂」買網域名稱，要比去告他們後取得使用權要便宜且簡單得多了。

延 伸 單 字

＊cybersquatting	(n.)	[ˋsaɪbəˋskwatɪŋ]	網路搶註
＊cybersquatter	(n.)	[ˋsaɪbəˋskwatə]	網路蟑螂

pop-under ad / pop-under

（n. 背顯式廣告；離開某一網頁後才顯現出來的廣告）

（入圍2003年 ADS「最可能持久單字」）

常上網的人應該都知道什麼是 pop-up ad，那就是你上某個網站時，隨此網站彈跳出來的廣告視窗（ad 為「廣告」之意，乃 <u>ad</u>vertisement 的縮寫）。不過你有沒有這種經驗：當你在 surf the net（網路漫遊），決定離開某個網頁時，才發現這網頁「背後」還藏有一拖拉庫的視窗，害你得辛辛苦苦把它們一一關掉？這種關閉某個網站，而網站自動在目前的網站後面開啟另一個視窗的廣告，就叫做 pop-under ad。

其他網路廣告，除了我們常見的橫條形網路廣告外，現在網頁的左、右兩邊也很常見 skyscraper ad（直立式廣告：或稱 skyscraper banner）。這種廣告通常高度從500到800 pixels、寬度從120到160 pixels；為什麼稱之為 skyscraper 呢？因為其形狀像垂直高聳的摩天大樓（skyscraper）一般。

在這個人人都上網的時代，廣告商推出的網路廣告簡直多如天上繁星，其中最讓人受不了的應算是 Flash ad 與 floating ad 了！Flash ad 指的是由 Flash 軟體所製作成的動態廣告。早期的網路由於頻寬限制，所產生的廣告大多是平面靜態的，Flash ad 則是將內容變成像卡通一樣的動畫，讓廣告變得更生動、活潑、有互動性。floating ad 則是浮動式的廣告；這些廣告結合一些程式語言，讓圖片、Flash、動畫……等能自由的在網頁頁面上移動，所以這些廣告常常會佔據螢幕幾秒鐘後才消失，有些還會跟著你的滑鼠跑。當

然，最可惡的廣告就屬那些根本找不到「關閉」框框的廣告……

例　句

❖ Pop-under ads are a simple twist on pop-up ads; instead of popping up in front of a Web page, pop-unders go behind it.

「背顯式廣告」是「彈出式廣告」的一個簡單小花樣；不是從一個網頁的前面蹦出來，而是從後面。

延伸單字

＊pop-under ad	(n.)	[pap`ʌndə æd]	背顯式廣告
＊banner	(n.)	[`bænə]	橫幅；旗幟
＊skyscraper	(n.)	[`skaɪˌskrepə]	摩天大樓
＊floating ad	(n.)	[`flotɪŋ æd]	浮動式廣告

millionerd（n. 百萬書蟲）

2004年，Forbes《富比世》雜誌公布美國四百大富翁的最新排行榜中，Microsoft（微軟）創辦人 Bill Gates 蟬聯第一名寶座（事實上這已是他連續十一年排名世界第一了）。另外，去年上榜的還有八月份才公開上市的知名 online search engine（線上搜尋引擎）Google 的兩位創辦人 Larry Page 與 Sergey Brin，Sergey Brin 同時也是排行榜上年紀最輕的富翁，只有31歲！

在英文裡，有一個新詞就是用來形容這些年紀輕輕就成為身價不斐的人：millionerd。這個字稍稍帶有貶意、也有嘲弄的意思，因為 millionerd 是millionaire（百萬富翁）+ nerd 而來。

nerd 是什麼意思呢？在中文裡實在找不到確切的翻譯，英文的意思是指那些只會考試唸書，卻性格害羞、不懂得社交、體育也不好的人。美國的學校文化不像台灣，只表揚會唸書的學生；相反的，他們認為「書呆子」是最糟糕的，所以 nerdy（nerd 的形容詞）的人通常人緣很差，也常是被欺負取笑的對象。

在網路經濟發達的九〇年代，很多初出社會、甚至還在念大學的年輕人紛紛跳出來創立網路公司，風雲際會下，短短時間便成為 millionaires，不過因為大家對於「科技人」還存有 nerdy 的刻板印象，所以便稱呼他們為 millionerds。

如果你看過 Bill Gates 年輕時蒼白、瘦削、且略帶神經質的臉龐，以及 Google 創辦人之一的 Sergey Brin 的長相，就會明白大家為什麼稱呼這些科技新貴 millionerds 了！附帶一提，有人説（註：

這個人絕對不是我！），在台灣竹科也處處可見這些 millionerds 哦！

（ 例　句 ）

❖ Although Jack is shy and hardly good-looking, he is a true millionerd from Hsinchu Science-based Industrial Park, and women are lining up to marry him.
雖然 Jack 又害羞又難看，他可是竹科裡貨真價實的「百萬書蟲」，而且很多女人都排隊等著要嫁他。

延伸單字

＊millionerd	(n.)	[ˌmɪljəˋnɝd]	百萬書蟲
＊millionair	(n.)	[ˌmɪljənˋɛr]	百萬富翁
＊nerd	(n.)	[nɝd]	書呆子

yettie (**n.** 年輕科技公司老闆)

說到科技新貴，英文還有另一個新詞叫 yettie，指的是擁有或經營一家科技公司的二十幾歲年輕人。這個字的造字規則很明顯是從 yuppie（雅痞）而來：yuppie是 yup（young urban professional；年輕的都會專業人員）＋ -pie（重複字尾 -p之後 + -ie）；而 yettie是 yett（young, entrepreneurial, tech-based twenty-something；二十多歲，具創業精神，以科技公司為主的年輕人）＋ -ie。

yettie 因為畢竟年輕，其所創公司的文化通常也較活潑，公司隨處可見穿休閒服及運動鞋上班的員工，這些人通常也年紀很輕，且身懷絕技，因為配股的關係，年紀輕輕就很有錢，因此有人創了另一個新詞來形容這些在科技產業任職，經濟富裕的年輕人：sneaker millionaire（穿著運動鞋的百萬富翁）。

只不過隨著網路經濟的泡沫化，很多當初的 sneaker millionaires 現在都變成了duppie（呆痞族），duppie 指的就是那些學有專精的企業老闆或是高階經理人，如今卻因為網路科技的沒落及大環境的不景氣而失業。這些人為填飽肚子通常必須屈就，運氣好的，勉強找到臨時工；運氣不好的，只好長期處在失業狀態。

duppie 的由來也是模仿 yuppie，把 young urban professional 改成 depressed urban professional（憂鬱的都市專業人員）再加上 -pie 而來。

例　句

❖ He has tightly cropped hair, wears tiny black glasses, carries a black computer bag, and always talks into a cell phone--he is a yettie!

他留著超短的頭髮、帶著超小的太陽眼鏡、提著一個黑色的電腦包包、永遠在講手機——他是個「年輕科技公司老闆」！

延 伸 單 字

＊yettie	(n.)	[`jɛtɪ]	年輕科技公司老闆
＊sneaker	(n.)	[`snikɚ]	運動鞋
＊duppie	(n.)	[`dʌpi]	呆痞族

dot bomb / dot.bomb / dot-bomb / .bomb (n. 倒閉的網路公司)

（入圍2000年 ADS「年度風雲單字」）

大家都知道，「.com」的唸法為 dot com，那麼這個發音與 dot com 很像的「.bomb」究竟是什麼呢？dot bomb（bomb 為「炸彈」之意）這個新詞就是利用與 .com 的諧音來指稱那些經營失敗的網路公司。

九〇年代網路公司發達時，創造了許多的 millionerds，不過好景不長，短短幾年間，美國網路公司的股價從最高點一路下滑，而且一家公司的財報不佳，通常也會把同類型公司拖下水，變成隨時可能爆炸的 dot bomb。加上2000年適逢美國總統大選，選舉結果拖了好幾個星期還不明朗，導致股市重挫，更加深了 dot bomb 的威力。也難怪許多在 Wall Street（華爾街）待了一輩子的專家們都說，長這麼大從沒看過一種行業，可以在短短幾年內熱到最高點、又急速降到「零下幾度C」！

還記得在2001年左右，一大堆原本「強強滾」的網路公司，如 Yahoo!、PriceLine、eToys、eBay、Amazon、CMGI、NetZero、Pets.com 等等，股價都從高點跌落，有些甚至從上百元跌到不到一美元，成了 "from dot com to dot bomb"（從網路公司到網路炸彈）的實踐者。

根據專家的分析，會導致 dot bomb 的結果，主要是因為很多網路公司經營者及投資者高估了網路科技的潛力及可行性；例如一些 e-tailers（網路零售商）即低估了支援銷售的成本。另一些專靠廣告

收入維生的網站，也幾乎是 dot bomb 的代名詞呢！

　　我在美國唸書前前後後的那些年，剛好恭逢 dot com 的勢力頂端及 dot bomb 的爆發。在網路公司興盛的那幾年，我的一些當年在加州灣區唸書、後來在 start-ups（新興公司；新創公司）工作的朋友，因為 stock option（認股權，是企業允許員工以某個優惠的價錢在某個時間點購買公司股票的權力）轉眼成了億萬富翁，這些人天天換豪宅、買新車，三十多歲便退休，讓我羨慕到眼睛長針眼；但也有些朋友太晚進網路公司，沒有因 stock option 而「發」到、或是雖很早進公司，卻笨到沒有在公司股價最高時賣出股票，而成為 dot bomb 的受害者！

例　句

❖ I lost my job in the dot bomb.
　我因為網路公司倒閉而失業。

❖ If you want to invest money on the stock market, make sure you avoid dot bombs.
　如果你想要投資股票市場，確保你避開那些倒閉網路公司的股票。

延伸單字

* dot bomb	(n.)	[dat bam]	倒閉的網路公司
* e-tailer	(n.)	[ˋi͵telɚ]	網路零售商
* start-up	(n.)	[ˋstart͵ʌp]	新興公司；新創公司
* stock option	(n.)	[stak ˋapʃən]	認股權

pink-slip party（n. 失業聚會）

乍看 pink-slip party，你可能以為這是個與「辣妹」有關的新型 party，很抱歉，雖然美國這幾年真的很流行這種 pink-slip party，不過來參加的人絕大多數是剛被公司（尤其是 dot com 之類的網路公司）炒魷魚的人。

這幾年美國加州 Silicon Valley（矽谷）一帶的 pink-slip party 尤其多，因為自從網路泡沫化後，許多經營不善的網路公司便大量裁員，這些 laid-off（被解雇的）員工為了養家餬口（當地的房價、物價超貴），紛紛出席這類 pink-slip party，將自己失業的消息廣為宣傳，希望能因此找到下一份工作。

pink-slip party 可以說是一種自動自發的 grass-roots activity（草根活動），除了矽谷，大城市如New York、Chicago、Philadelphia、Seattle、Denver 等也常舉行。在網路泡沫化正嚴重的那段期間，這種活動一次就可以號召到好幾百人、甚至上千人參加，非常壯觀。在這類聚會裡，大家除了彼此通訊息，還可以彼此安慰，一起咒罵原來的公司，或者互相提供找工作的祕訣，因此是個絕佳 network（建立人際脈絡關係）的機會。

我2001年在加州 Bay Area（灣區）度假時，就與朋友們去參加過一個 pink-slip party，結果一到現場（當地一家大型的 pub），乖乖，人竟多到擠不進去！排隊時，有人開始發不同顏色的貼紙，有紅色（代表你是來找工作的）、藍色（代表你是來找優秀人才的）、以及白色的（代表像我這種來白吃白喝的）。一進會場，朋

友們便作鳥獸散，分別去找不同的人交談，害我只得坐在吧台前，吃店家免費供應的 popcorn（爆米花）與 chips（洋芋片）！

說起來，美國的 pink-slip party 有點像台灣舉辦的大型 job fair（就業博覽會），只不過不像博覽會中充斥著想找工作的新鮮人，pink-slip party 現場除了來招募人員的 HR manager（人事室主管）、headhunter（獵人頭公司）、或 recruiting professional（招募員工者），其他幾乎都是剛失業的人。

其實，pink-slip party 對於想找工作的人及想雇用人員的公司來說，都是很好的 matchmaking event（配對場合），因此參加的失業者都會大方的告訴所有人他剛失業，然後告訴對方自己的專長為何、希望找什麼樣的工作，藉由大家口耳相傳，或許不久候便可以找到新工作。有些更幸運的人，可能在 pink-slip party 現場就得到口後面試的機會呢！

pink slip 在英文裡是「解雇通知書」的意思。例如在美國，很多討厭小布希的人便常常將 "Give Bush a Pink Slip!" 這句口號掛在嘴邊。pink slip 這個字除了可以當名詞，還可以當動詞，例如去年九月初美國共和黨全國代表大會在紐約舉行，當小布希的車隊來到紐約曼哈頓市中心時，一群聚在路旁的示威抗議者便舉起 "Pink Slip Bush"（開除小布希）的標語。

❖ After my company merged with Media.com, the two companies' employees held a pink-slip party.

在我公司與 Media.com 公司合併後，兩家公司的員工合開了一個「失業聚會」。

延伸單字

* pink-slip party	(n.)	[pɪŋk slɪp ˋpɑrtɪ]	失業聚會
* Silicon Valley	(n.)	[ˋsɪlɪkən ˋvælɪ]	矽谷
* laid-off	(adj.)	[ˋled͵ɔf]	被解雇的
* network	(n.)	[ˋnɛt͵wɝk]	人際脈絡；網狀組織
* headhunter	(n.)	[ˋhɛd͵hʌntɚ]	獵人頭公司
* matchmaking	(n.)	[mætʃ͵mekɪŋ]	配對

wire-fu（n. 鋼絲夫）

　　wire-fu 這個新詞不僅英文很奇怪，中文聽起來也很詭異！不過，如果你知道 wire-fu 是從 kung fu（功夫）而來，就會恍然大悟了。wire 是「金屬線」的意思，所以 wire-fu 指的就是一種電影技巧，讓演員利用身上的鋼絲表演功夫，使他們看起來好像會飛、會跑上屋頂、會穿牆走壁、會在竹林裡蜻蜓點水、會在酒樓裡上下穿梭，比真手腳的功夫還厲害好幾倍。

　　這幾年全球都吹起一股「東方熱」，美國的電影工業也不例外，加上台灣李安導演的 "Crouching Tiger, Hidden Dragon"（臥虎藏龍）在美國票房好、口碑佳，消失已久的「李小龍旋風」似乎又回來了！但不同的是，這次的武打動作已經不是李小龍時代 martial arts（武術）的真功夫、也不是成龍早期電影所標榜的不用替身的真手腳，而是利用東方電影裡常見的「吊鋼絲」等特技，讓演員們個個看起來武功高強。既然這些 kung fu 都是電腦科技下的產物，利用後製的特效（post production special effects）所製作出來的，人們便給它一個新的名稱：wire-fu，以有別於傳統的 kung-fu。

　　除了「臥虎藏龍」外，很多導演也在自己的電影中加入 wire-fu 的元素，例如張藝謀的 Hero（英雄）等；Jet Li（李連杰）的許多香港電影中也有 wire-fu 的成分；連叫好又叫座的好萊塢電影 Matrix（駭客任務）也有許多 wire-fu 的影子。

　　不過 wire-fu 被廣泛使用後，又有人覺得這種倚賴特技的「功

夫」看起來很誇張也很假。港星周星馳前陣子的賣座鉅片「功夫」
（Kung Fu Hustle），便受到如是的批評。其實認真說起來，大部分
的動作片都有誇大的成分（超級熱門電影 Spiderman 與 Superman
還不是在空中飛來飛去），kung fu 變成 wire-fu，不過就是手法不
同罷了！

例　句

❖ I just saw a great wire-fu martial arts movie called
   "House of the Flying Daggers."
   我剛看了一部很棒的鋼絲武術電影，叫做「十面埋伏」。

延伸單字

＊wire-fu　(n.)　[`waɪr`fu]　鋼絲夫

＊martial arts　(n.)　[`marʃəl arts]　武術

hybrid car / hybrid vehicle /hybrid
（n. 油電混合式汽車）

hybrid 這個字是「雜種、混血」的意思；因此 hybrid car 指的是 petrol-electric hybrid，也就是利用 petrol（汽油）與 electricity（電）混合動力科技製成的車子。這種 hybrid car（或簡稱為 hybrid）同時具備汽油引擎及電力馬達兩套系統，在汽車低速行駛的階段使用電力馬達、在時速較高時使用傳統的汽油引擎、而在高速行駛時，同時啟用兩套動力系統。

近年來國際油價飆漲，許多研究也指出地球的油源在往後的五十年內會告罄，再加上環保意識的崛起，使得越來越多的人捨棄以往以石油做燃料的汽車，購買低耗油、低污染的 hybrid car。

在1997年，日本豐田汽車（Toyota）首先推出世界上第一輛環保汽車 PRIUS，至今已銷售超過十萬輛；而本田（Honda）除了汽油電力混合跑車 Insight，前陣子也推出了 Civic Hybrid，這兩款油電混合車都曾在台灣展示過，標榜低燃料、少排氣，號稱耗油量減少30%、污染量只有傳統汽油汽車的十分之一！再加上 hybrid 在起步及低速階段都是靠電池帶動，所以沒有任何噪音，是駕駛者的另一個福音。

目前市面上已有豐田、本田、福特（Ford）、通用（General Motors）等車廠推出這種 hybrid car，其他如日產（Nissan）汽車、大發汽車（Daihatsu）等車廠也亦步亦趨。不過，因為 hybrid car 尚處在初始階段，研發技術成本很高，因此價格較一般車子貴上許多，只有富翁才會買來開；這也是為什麼在富裕的美國加州較常

看到 hybrid car 的原因。

　　hybrid car 對環保有很大的幫助，勢必成為未來新車開發的趨勢，而且 hybrid car 的設計對於台灣這種「走一步、停五步」的行車環境更是適合，所以讓我們祈禱環保署趕快研擬補助方案，鼓勵台灣廠商引進這種低污染、少能源的「混合車」！

例　句

❖ Hybrids are cars that run off a fuel-efficient gas engine combined with an electric motor that assists the engine when accelerating.

　　「油電混合式汽車」是一種靠省油的引擎與電力馬達結合而成的車子，這種電力馬達在加速時可以幫助引擎運作。

延伸單字

*hybrid car/vehicle　(n.)　[`haɪbrɪd kɑr/viɪkl̩] 　油電混合式汽車	
*petrol　(n.)　[`pɛtrəl]　汽油	
*electricity　(n.)　[ɪˌlɛk`trɪsətɪ]　電	

CHAPTER 6

把握訣竅賺大錢
商業經濟篇

hot desk （n. 熱門辦公桌）

乍看到 hot desk，你可能會很狐疑：怎麼，桌子還有分冷的、熱的嗎？

事實上，hot desk 指的是公司裡的一張辦公桌，並非為某個員工專用，而是開放給其他員工事先預約使用。這些員工（稱之為 hot deskers 或 mobile workers）因平時不需常常進公司，因此沒有固定的辦公桌，只在需要進公司時才會使用到 hot desk。

在現今的辦公室裡，大部分的行政人員都配有一張辦公桌、甚至一台電腦、一堆文具，但是對天天跑外務的業務員而言，公司替他們準備辦公桌似乎很浪費，尤其這幾年經濟不景氣，為了節省開銷，很多公司都引進這種 hot desking （或稱 virtual office，虛擬辦公室）制度，讓有需要進公司辦公或洽談事情的人 to hot desk a desk（預定一張辦公桌，to hot desk 在此當動詞用）。

另一個新詞 hoteling（辦公室旅館；或拼成 hotelling）與 hot desking 同義，也是指一種辦公室的設計，讓有需要進辦公室的員工事先預定辦公桌，這種情況下，因為員工必須 check in 與 check out，就好像旅館一般，故名 hoteling。

❖ With hot desking or hoteling, an employee makes reservations for work space, checks in for a day or a week, and then moves along to make room for someone else.

「熱門辦公桌」或「辦公室旅館」的概念是，一個員工事先預定工作空間，進來公司一天或一個星期，然後離開，將空間留給其他員工。

延伸單字

* hot desk	(n.)	[hat dɛsk]	熱門辦公桌
* virtual office	(n.)	[ˋvɝtʃuəlˋɔfɪs]	虛擬辦公室
* hoteling	(n.)	[hoˋtɛlɪŋ]	辦公室旅館

Enronomics（n. 安然經濟）

（入選2002年 ADS「最奇特單字」）

2001年底，世界上數一數二的能源交易商 Enron 申請破產保護，成為美國有史以來最大宗的破產保護案，而為 Enron 簽証財務報表的 Arthur Anderson 會計事務所，也面臨倒閉的結局。這件事引起了美國各界的震驚，由於其所引起的效應太大，許多專家還將之與美國歷史上的「水門案」（Watergate）、「伊朗門」（Irangate）、「白水門」（Whitewatergate / Whitewater scandal）等政治醜聞案相提並論呢！

其實世界上天天有企業申請破產，Enron 到底是一家怎樣的公司，可以引起這麼大的風波？Enron 成立於1985年，曾名列美國第十大企業，連續被 Fortune《財星》雜誌評選為「最具創意」及「最具成長潛力」的企業。弔詭的是，在它申請破產重整的那年，股價還曾高達83美元，同年卻因一連串的錯誤，導致股價慘跌至 $0.26！

究其原因，Enron 在交易中涉嫌許多黑箱作業，例如違規操作（以不實的業績數字吸引不知情的投資大眾）、假造帳務（即誇大盈利、隱瞞高額負債）、與華盛頓政治圈關係匪淺等等，當然，公司給少數幾位高層人員誇張到令人乍舌的「厚祿」，也是其受人詬病的地方。

其實熟悉美國上市公司運作的人都知道，Enron 案只是 the tip of the iceberg（冰山的一角），因此在爆發了 Enron 案後，美國 Newsweek《新聞週刊》便稱 Enron 所引發的對美國及國際政經社

會的衝擊現象為 Enronomics（<u>Enron</u> + ec<u>onomics</u>）。一般人提到 Enronomics 這個帶有負面意味的新詞時，指的便是一種糟糕的財務制度或商業策略，具有以下三個特點：奇怪詭譎的會計技巧，過份樂觀的財報預測，以及沒有依據的亂花大錢。

不過事情總有好壞兩面，Enron 案爆發後，許多關於 corporate governance（企業管理）的議題便被炒得沸沸揚揚，迫使其他企業認真檢討現行的公司管理程序，以確保自己不會成為下一個 Enron。對美國政府而言，如何重新檢討資本主義的系統及重建良好企業道德，也是當務之急！

一件事果真有好壞兩面，Enron 尤然，為什麼呢？因為自從 Enron 破產後，公司許多原本認真工作的員工便頓失依靠，有好幾個頗具姿色的女員工便應 Playboy Magazine《花花公子》之邀，寬衣解帶，這樣一來女員工既可貼補家用，一般大眾也可大飽眼福，未嘗不是個 win-win situation（雙贏局面）！

Watergate 乃1972年尼克森總統為競選連任，聽任其幕僚潛入民主黨設在 Watergate Apartment（水門大廈）的競選總部竊取資料案。Irangate 指的是雷根總統透過對伊朗的秘密軍售，將所得的武器款項拿來資助尼加拉瓜反政府軍游擊隊的事件。Whitewatergate 指的則是柯林頓總統夫婦與所投資的一家名為 Whitewater Development Corporation 的利益輸送案。

❖ In the States, many Democrats use the term "Enronomics" as an insulting reference to Republican economic policies.

在美國，許多民主黨人士以「安然經濟」這個詞來侮辱共和黨的經濟政策。

延伸單字

＊Enronomics　(n.)　[ˌɛnrɑˋnɑmɪks]　安然經濟

＊Enron　(n.)　[ˋɛnrɑn]　安然企業

＊iceberg　(n.)　[ˋaɪs͵bɝg]　冰山

＊corporate governance　(n.)　[ˋkɔpərɪtˋgʌvɚnəns]
企業管理

ghost work（**n.** 鬼工作；額外的工作）

　　ghost work 照字面上來看是「鬼工作」，也就是「沒有人做的工作」，其衍伸意就是「公司員工所必須承擔的額外工作」。這種情形通常發生在一個公司裁員或 downsizing（緊縮編制）後，那些當初有人做、現在沒人做，必須由留下來的員工做完的工作，便稱為 ghost work。有時候 ghost work 也指公司內部由於員工升遷而遺留下來、需由其他員工完成的工作。

　　在經濟不景氣、企業裁員普遍的今天，許多「僥倖」留下來的員工，便要在薪水沒有增加的情況下，一邊做自己原本的工作、一邊做前人留下來的 ghost work；而公司主管也好不到哪裡，因為 ghost work 所衍伸出來的問題往往造成屬下極大的困擾，以及公司資源的嚴重浪費。

　　ghost work 這個詞是由 *"Continuity Management: Preserving Corporate Knowledge and Productivity When Employees Leave"* 這本書的作者 Hamilton Beazley 所創，他認為現代企業裁員風盛行，但很多企業在員工離職後，還需浪費更多的成本在職務交接或摸索的過程，因此他建議企業事先做好規劃，使得接替職務的員工不致茫然不知所措，徒增困擾。

❖ After my company's new round of layoffs, I have to do this ghost work that I was not trained for.

經過我公司新一輪的裁員後，我必須做這個我沒受過訓練的「鬼工作」。

❖ You may leave your company by choice, or you may be out the door in a downsizing; whatever the cause, the work you abandon becomes "ghost work."

你可能選擇自動離職、也可能因為公司緊縮編制而被踢出門；不管哪一種原因，你所遺留下來的工作就變成了「鬼工作」。

延伸單字

＊ghost work	(n.)	[gost wɜk]	鬼工作
＊downsizing	(n.)	[ˋdaʊn͵saɪzɪŋ]	緊縮編制

job spill / job-spill （n. 工作溢出）

我們前面説過，企業的裁員造成了公司很多的 ghost work，這些 ghost work 不僅在工作移轉時造成公司內部的大負擔，現在企業「遇缺不補」的惡習更讓留任的員工苦不堪言、哀嚎不已；許多上班族也因此被迫在下班或放假的時間處理尚未完成的事務，面對這種情形，英文也發明了一個新詞：job spill。所謂的 job spill，就是「一個人的工作、或與工作有關的事情，被帶入到私人生活裡面」。

説起來，job spill 還是模仿 oil spill 而來。oil spill 指的是油輪將油漏出海面，造成海洋生態環境的大污染。所以 job spill 就是形容一個人的「分外工作」如同污油一般，污染了其原本大然純淨的私人時間！

在台灣，我有好多朋友都面臨到苦惱的 job spill 問題，有些人因為公司人手不足，常必須在週末硬被召回公司加班，有些人更慘，需要24小時 on call，不是吃喜酒吃到一半、電影看到一半必須離席，就是在大年初二被老闆叫回公司處理外國客戶的訂單！好笑的是，我有一個在台灣 Microsoft 當經理的朋友告訴我，她覺得 Microsoft（微軟）比她之前任職的 Citibank（花旗銀行）好太多了，因為同樣是每天需加班到晚上十點，至少 Microsoft 會在下午五點多時「自動」、「免費」替員工訂晚餐的便當，讓大家在加班時 kimochi（心情）比較好。唉！

❖ If your supervisor calls you on the weekend, that's job spill; if you have to work on your laptop after supper, that's job spill too!

如果你上司在週末打電話給你，那就是「工作溢出」；如果你在晚飯後必須在手提電腦前工作，那也是「工作溢出」！

延伸單字

＊job spill　(n.)　[ʤab spɪl]　工作溢出

T-shaped worker（n. T 型員工）

　　大家應該常常聽到 T-shaped 這個字，不過我們這邊講的 T-shaped，可不是一個人臉上容易出油的「T 字形部位」哦！這裡的 T-shaped，雖然也是由「一橫、一豎」所組成，指的卻是每個企業都夢寐以求的員工特質：a combination of breadth of knowledge and depth of understanding，那就是「擁有該產業既深且廣的知識或技能」。

　　T-shaped management（T 型管理）這個詞是由哈佛大學管理學院的老師 Morten T. Hansen 及一位顧問公司的資深副總 Bolko van Oetinger 於2001年在 *Harvard Business Review* 中的一篇論文 "Introducing T-Shaped Managers: Knowledge Management's Next Generation" 所共同提出的。這篇文章提到，在這個 knowledge economy（知識經濟）的時代，T-shaped management 需要新的管理方式：能夠做到企業組織各部門間資訊的分享與交流（此為 the horizontal part of the T；水平方向的 T），同時也能確保每一部門各自的成效及品質（此為 the vertical part of the T；垂直方向的 T）。

　　可想而知，如果一個企業有幸雇到 T-shaped 人才，那應該是企業之福。不過在一家公司或企業剛成立之初（例如一家網路的 start-up），雖然公司有許多網路科技專業人員，卻往往缺乏一些擁有廣博商業知識的專業人士，這時公司便會特別招募所謂的 knowledge angel（知識天使），來協助該公司在商業方面的運

作。這些 knowledge angels 通常都是 T-shaped specialists（T 型專家），且很多都是外聘的專業人員，不屬於公司體制內人員，等到這家 start-up 運作上軌道，他們便會去協助其他家 start-up。他們的角色如此重要，難怪會被冠以 angel 的稱號！

要注意的是，T-shaped 這個詞並不侷限於形容企業人才，其他各行各業或領域都可以用這個詞來形容「既專精於自身領域、又能夠橫向運作」的人才！

例　句

❖ A T-shaped biologist is a person with disciplinary depth, and with the ability to reach out to other disciplines.
一個 T 型生物學家本身既擁有專屬領域的知識，又有跨領域研究的能力。

❖ We need a T-shaped computer manager who possesses a combination of IT skills with business expertise.
我們需要一個 T 型電腦經理，這個人必須同時擁有資訊技術的技能及商業專長。

延伸單字

* T-shaped worker　(n.)　[trɪʃept `wɜkə]　T 型員工
* horizontal　(adj.)　[ˌharə`zantl̩]　水平的
* vertical　(adj.)　[`vɜtɪkl̩]　垂直的

BRICs（n. 金磚四國）

BRICs 指的是 Brazil、Russia、India、China（巴西、俄羅斯、印度、中國大陸）等四大具潛力的開發中國家。這些國家近年來經濟快速成長，直追先進國家，已引起各界的矚目。根據 World Bank（世界銀行）的資料，BRICs 在2003年的經濟實力均名列全球前10大；而這些國家同樣具有人口眾多、消費能力強大、未來商機巨大的特點，是一個絕對不可忽視的「四巨頭經濟體」。

BRICs 這個詞是由兩位 Goldman Sachs（高盛投資集團）的全球經濟分析師在2003年提出的，他們認為 BRICs 會在未來幾年內崛起，而且其重要性在往後的數十年內將益形彰顯。他們更大膽預測，到了2050年，中國的 GDP（Gross Domestic Product；國內生產毛額）將會比美國多出30%、印度的 GDP 將比日本大上四倍、而巴西與蘇俄將比英國大上至少50%。

你或許很好奇，為什麼這四個國家會被稱為「金磚四國」？BRICs（此處小寫的 s 是「複數」之意）之所以被稱為「金磚」，是因為這四個國家名稱第一個字母的縮寫（即 acronym，「頭字語」）發音剛好與 brick（磚塊）一樣；此外，brick 也有「堅固、持久」的含意，很符合國際社會對這四國在未來經濟舞台上的看法。這也是為什麼近來常有媒體以這個新詞做標題雙關語：

- Building Better Global Economic BRICs（建立更強的全球經濟金磚）
- The Solid BRICs（堅固的金磚）

世界上已有許多大企業紛紛表明將會積極投資 BRICs，例如日本汽車業的龍頭「豐田汽車」，因為豐田汽車看出日本及歐美的汽車市場已逐漸飽和，必須另行開發新市場，所以正積極擬訂一個 BRICs 全球發展計劃，希望在十年後將這四個國家的汽車產能提高到目前的10倍。另外電腦大廠「聯想集團」也宣布要積極投資 BRICs，擴大其事業版圖。在台灣，經濟部也表示，在 BRICs 中，巴西已繼印度與俄羅斯之後，被列為我國2004年重點拓銷的國家之一！

因為有些財經專家認為 South Africa（南非）也同樣具有巨大的經濟潛力，故以 BRICS 取代原有的 BRICs，這個大寫的 S 指的便是 South Africa，金磚四國因此變為「金磚五國」！

例　句

❖ It is believed that by 2050, the stock markets of the BRICs will be as large as the US, Japan, the UK, and Germany put together.

一般認為到了2050年，「金磚四國」的股票市場規模將會與美國、日本、英國、德國加起來的一樣大。

延伸單字

＊BRICs	(n.)	[brɪks]	金磚四國
＊acronym	(n.)	[`ækrənɪm]	頭字語
＊brick	(n.)	[brɪk]	磚塊

latte factor（n. 拿鐵因素）

很多人喝咖啡喜歡喝 Latte（拿鐵咖啡），不過可能很少人知道什麼叫 latte factor、以及這杯拿鐵對自己私人財務管理上的重大影響！

那到底什麼是 latte factor 呢？latte factor 是由財務投資專家 David Bach 所提出，指的是一些看起來毫不顯眼的日常消費（如一天一杯60元台幣的拿鐵），加總其金額可能十分驚人。想想看，一天60元，一個月就1,800元，一年光花在拿鐵上的錢就有21,600元呢！

你或許會說，那 latte factor 與私人財務管理有什麼關連呢？事實上，如果你是「月光族」，常常不知道錢到底花到哪裡去，那麼從 quit buying Latte（戒買拿鐵）這種看似「小錢」，卻是浪費的東西上開始省，則可以慢慢累積財富。不信嗎？很多專家給財務上不是那麼寬裕、卻想存錢的人的建議，便是：cut down on the money you spend everyday on things like gourmet drinks and eating out（減少每天花在高級飲料及外出吃飯的錢）！

你或許會問：「可是我真的很喜歡喝咖啡呀！」那你至少可以強迫自己從 Starbucks 一杯100元的咖啡換到7-11一杯20元的咖啡，或者自己買整罐的即溶咖啡回家泡，包準可以省下很多錢哦！

當然，每個人的 latte factor 不同，有些人是法國 Evian 礦泉水、有些人是飯店的停車費、有些人計程車費、有些人是 Marlboro（萬寶路香菸）、有些人是「金莎巧克力」、有些人是日本連鎖專

賣店 Mister Donut 的甜甜圈……。如果你有意識的將錢花在該花的地方，省下不該花的錢，那麼不知不覺中，便可以存下一筆可觀的金額了！

例 句

❖ When it comes to saving money, it's important that you find your "latte factor."
說到省錢，很重要的一件事是找出自己的「拿鐵因素」。

❖ In the morning, you get an Espresso for $3, a bagel for $2.50. At work, you get a Coke and a bag of chips. Before you know it, you've spent $8--it's the latte factor!
早上你買一杯3塊錢的義式濃縮咖啡、一個2.5塊錢的貝果。工作時，你買一罐可樂及一包洋芋片。在你意識到之前，你已經花了8塊錢──這就是「拿鐵因素」！

延 伸 單 字

＊latte factor　(n.)　[la`te fæktɚ]　拿鐵因素

lipstick effect (n. 口紅效應)

　　親愛的女性讀者：妳所買的東西價格及類型，會不會因為自身有錢或沒錢而有所不同？或者妳的購物習慣是否會因為經濟景氣與否而有所改變？

　　根據 Estee Lauder（雅詩蘭黛）的老闆 Leonard Lauder 多年的觀察，每當他公司的口紅銷售量上升時，就是消費者信心及消費金額下降的時候。他因此發展了一套 leading lipstick indicator（引領口紅指標）理論，來說明 rising lipstick sales（口紅銷售的成長）與 economic recession（經濟蕭條）之間的強烈關係。根據他的解釋，女人儘管生活景況不佳，還是希望能把自己打扮得美美的，但是她們又負擔不起高價的奢侈品，這時便會轉向花費不高的 lipstick 來滿足　下。

　　因此 lipstick effect 指的就是在經濟蕭條時，消費者為了節流，會購買保守的小型奢侈品（如口紅）讓自己高興，而非讓自己「荷包失血，心淌血」的奢侈品（如貂皮大衣或名車）。妳覺得準嗎？哈哈！

❖ Look how many bars of lipstick you've bought today--is there really a lipstick effect going on?

妳看妳今天買了幾條口紅——果真有「口紅效應」這東西嗎？

❖ The idea of "lipstick effect" is that, during a recession, women tend to substitute small items (i.e., lipsticks) for other cosmetic items or more expensive items (e.g., jewelry).

「口紅效應」的意思是，在經濟蕭條時，女人傾向用小的東西（即口紅）來取代其他化妝品或較貴的東西（例如珠寶）。

延伸單字

＊lipstick effect	(n.)	[ˋlɪpˏstɪk εˋfɛkt]	口紅效應
＊indicator	(n.)	[ˋɪndəˏketə]	指標
＊economic recession	(n.)	[ˏikəˋnamɪk rɪˋsɛʃən]	經濟蕭條

outsourcing（n. 委外；外包）
outsource（v. 外包）

　　有沒有這種經驗：你掉了信用卡，半夜打電話到發卡公司，接電話的這位專員十分 professional（專業的），有問必答，不過你卻隱約覺得，這位專員的國語似乎有與你說的國語不太一樣……。遇到這種情形時可不要覺得奇怪，因為這很有可能就是台灣企業 outsource 到大陸或其他華人地區的結果哦！

　　outsourcing 可說是全球工作移轉後的一種新企業型態。在經貿自由化及市場開放的今天，企業間競爭激烈，導致利潤微薄；因此如何降低營運成本，尤其在資本市場低迷之際，便成了企業最重視的議題。近年來因為 Internet 的普及與通訊的整合，使得跨國的工作越來越普遍，加上產業分工的潮流，很多企業選擇將事業重心擺在本身最具競爭力的 core business（核心事業），而將周邊事務（如基礎研究、工程工作、財務分析、晶片設計等等）交由外部專業的團隊來執行，這種情形就叫做 outsourcing。

　　你或許會問：business outsourcing（企業委外）真有這麼大的好處嗎？事實上，outsourcing 的好處除了降低成本，還可以幫企業找到適才適任的員工，因為許多在歐美人士眼中既辛苦又不見得有前景的職務，對其他新興國家（如 BRICs）的人而言，已經是「天上掉下來的禮物」！這些 outsourced 的職務薪資比當地的平均薪資高，又是「外商」，很容易可以吸引到許多學經歷俱優的當地員工來任職，而且流動率超低。這也是為什麼許多跨國企業超愛將業務 outsource 到員工素質不錯又吃苦耐勞的愛爾蘭、印度、中國大陸

等國家。以美國為例，這幾年其經濟情況一直不佳，很多企業便將軟體設計及與服務有關的項目 outsource 到人力資源豐富、成本又低的國家。

call center（客服中心）是最常被歐美高薪資地區 outsource 的業務之一，因為據統計 call center outsourcing 可以讓這些企業節省將近45%的營運成本。另外，因為 call center 需要全天候的待命服務，最適合企業在世界各時區佈點的策略，這樣一來企業既不用負擔昂貴的晚班輪值費（因為全球都有不同的工作時間，大家都可以上早班），又可以確保24小時無休的服務品質，可說一舉數得！

當然，並不是所有企業的 outsourcing job 都是較低階的工作；很多跨國大型企業，如 Microsoft（微軟）、HP（惠普）、Dell Computer（戴爾電腦）等，都先後到台灣設立研發中心，將許多高階、白領的工作 outsource 到台灣，這也是現今 outsourcing 的另一大趨勢。難怪有人說，globalization（全球化）的結果，就是高階工作的 outsourcing！

例　句

❖ Corporate outsourcing is the delegation of tasks from internal production to an external unit; it usually brings more benefits than disadvantages in the long run.
企業「委外」就是將內部的生產工作委派到外部的單位；長期而言這通常是利多於弊的事。

＊outsourcing	(n.)	[ˋaʊtˌsɔrsɪŋ]	委任；外包
＊outsource	(v.)	[ˋaʊtsɔrs]	外包
＊core	(n.)	[kor]	核心

globesity

offshorable（**adj.** 可離岸性的）
offshoring（**n.** 離岸性）
offshored（**adj.** 被轉移至國外的）

（入圍2003年 ADS「最有用單字」）

我們之前提過，outsourcing（委外；外包）是全球工作移轉後的一種新企業型態；offshorable 這個字的內涵與 outsourcing 十分類似，可以算是 outsourcing 這個大傘下面的一個選項，指的是（一）一個公司可以遷移到其他國家的能力（目的為了降低成本），或（二）一個可以被其他國家的人以較低工資取代的職位。

offshore 這個字其實不新，很多國家或地區都曾用過這個字，如 Offshore Services Department 為「離岸業務廳」、offshore trade（簡稱 OT）為「離岸貿易」、offshore income 為「境外所得」、而 offshore logistics management 為「海外運籌管理」。

根據 Wall Street Journal《華爾街日報》在2004年的報導，美國因受到其他地區工資低廉的影響而開始「外移」的產業包括：

* medical transcriptionists（醫療資料繕寫員）
* accountants and tax professionals（會計師及稅務專員）
* technical writers（科技報告寫作員）
* architects and drafters（建築師及繪圖員）
* legal and investment researchers（法律及投資研究者）
* computer animators（電腦動畫者）
* print designers and layout artists（出版品設計者及美編）
* insurance claims processors（保險理賠處理員）

上面所列的工作內容其實很值得玩味！以前大家都認為，會

被取代的工作一定屬於勞力密集、不需要太多技能的 blue-collar job（藍領工作），其實不然；因為有越來越多國家（如印度、中國等）所培育的高科技人才都願意在低於美國平均工資甚多的薪資標準下工作。不過 Wall Street Journal 也提出，像 radiologist（放射科醫護人員）這類工作就沒有工作會被 shifted broad（轉移到國外）的疑慮，因為理論上雖然 X 光片可以在任何地方被任何 radiologist 觀看、解讀，實際上美國聯邦法律規定，任何想要替美國醫院工作的人員，包括 radiologist，都必須 trained and licensed in the U.S.（在美國受訓且取得執照），因此無形中保障了這些人的工作。

那究竟美國 offshoring 的情況有多嚴重？據估計，在2005年，美國將會有58萬份屬於 white-collar jobs（白領階級的工作）被offshored；到了2010年，這個數字甚至會上升到160萬！

例　句

❖ An analysis of the company's corporate center shows that about a quarter of the positions are offshorable.
一個對公司的企業領導中心所做的分析顯示，大約有1/4的職務是可以被轉移到其他國家的。

❖ I really can't plan any extensive vacations now...; my job's too offshorable to know what lies ahead.
我現在真的不能計畫任何長假……；我的工作很有可能被其他國家的員工取代，不知道前景為何。

＊offshorable	(adj.)	[`ɔf`ʃorəbl]	可離岸性的
＊logistics	(n.)	[lə`dʒɪstɪks]	運籌；後勤
＊transcriptionist	(n.)	[`træn`skrɪpʃənɪst]	資料繕寫員
＊accountant	(n.)	[ə`kaʊntənt]	會計師
＊architect	(n.)	[`arkə,tɛkt]	建築師
＊animator	(n.)	[`ænɪ,metɚ]	動畫繪製者
＊processor	(n.)	[`prasɛsɚ]	處理員
＊radiologist	(n.)	[,redɪ`alədʒɪst]	放射科醫護人員

millionerd

CHAPTER 7

事事都要泛政治
國際要聞篇

politainer（n. 政治藝人）

（入圍2003年 ADS「年度風雲單字」）

politainer 這個字是從 politics（政治）+ entertainer（演藝人員）而來，指的是一個政治人物現在或以前是娛樂圈人物。politainer 這個字也可以指一個政治人物大量運用媒體來操作自己的形象及行情，特別是在選舉的時候。如果問你，放眼現今美國政壇，誰是最有名的 politainer？相信你會毫不猶豫的說：現任加州州長「阿諾·史瓦辛格」。

沒錯！Arnold Schwarzenegger 是標準的 politainer，不過除了他之外，美國還有許多著名的 politainers，例如前陣子才壽終正寢的 Ronald Reagan（美國總統雷根）在踏入政壇前便是個演員；除此之外，銀幕硬漢 Clint Eastwood（克林·伊斯威特）也曾擔任過北加州 Carmel（卡美爾鎮）的鎮長。Carmel 離舊金山不遠，是個風景如畫的小城，尤其那條通往沙灘的斜坡道路上商家林立，可以說是我最喜歡的小城之一。在這個氣候佳、風光美的地方辦公，想必心情愉快，難怪 Clint Eastwood 重返影壇後，又是活跳跳的一尾猛龍（他剛以 "Million Dollar Baby" 這部片奪下奧斯卡最佳導演、最佳影片獎）！

另外，明星 Cher（雪兒）的前夫 Sonny Bono（桑尼·波諾；加州人）生前也當過美國國會議員（congressman）。

這樣看來，加州人還真的很喜歡將演藝人員送入政壇呢！你或許會認為，是不是因為好萊塢在加州，那邊的選民長期被洗腦的結

果，紛紛投票給娛樂圈的人？其實加州盛產 politainer，有一説是因為加州面積實在太大，選民根本無法真正接觸候選人、或對其有深入的瞭解，因此只好靠電視媒體來決定到底要投給誰，而演藝人員常在媒體露臉，被認識的機會自然大增；尤其像阿諾及克林伊斯威特在銀幕上演的都是硬漢角色，很能滿足美國人對英雄期待的心理，踏入政壇不令人意外。

説到萬人迷阿諾，自從他前陣子選上加州州長後，一個專為他所創的英文新詞便出現了：governator（州長終結者）。這個字是 govern or（州長）＋ Term inator（電影「魔鬼終結者」），可見美國人還是挺有創意與幽默感的！

那麼在美國，有沒有人反其道而行，從政治舞台走向演藝舞台呢？有！一位在美國很有名的 talk show host（脱口秀主持人）Jerry Springer，便是在當過 Cincinnati（辛辛那提市）的市長後，跑去主持既垃圾又低級的脱口秀，真是跌破眾人眼鏡！

美國有關演藝圈與政治圈的牽扯，最奇怪的例子要算是 Jesse Ventura 了。他是誰呢？他就是曾在1998年當選美國明尼蘇達州州長的彪形大漢（據説有6呎4吋高）。那他從政前靠什麼吃飯？答案：professional wrestling（職業摔角）！

例　句

❖ Legislator Kao is a very famous politainer in Taiwan.
　立法委員高金素梅是個很有名的台灣「政治藝人」。

＊politainer	(n.)	[ˌpəlɪ`tenɚ]	政治藝人
＊governator	(n.)	[`gʌvəˌnetɚ]	州長終結者
＊governor	(n.)	[`gʌvənɚ]	州長
＊Terminator	(n.)	[`tɝməˌnetɚ]	電影「魔鬼終結者」
＊wrestling	(n.)	[`rɛslɪŋ]	摔角

flexitarian

purple state（n. 紫州）

（獲選2004年 ADS「年度風雲單字」）

　　美國在選舉夜時，電視台都會將大大的美國地圖呈現在螢幕中，然後用紅、藍色代表共和黨與民主黨必勝的州（這和台灣在選舉時，喜歡在地圖上將泛藍、泛綠支持率高的縣市，以藍、綠來標示的情況相似），因此 red state（紅州），指的是共和黨勢在必得的州，而 blue state（藍州）便是民主黨穩贏的州。

　　那麼何謂 purple state 呢？這裡指的可不是台灣的「泛紫聯盟」哦！紫色是紅色與藍色的混合，因此「紫州」指的是美國共和黨和民主黨支持率旗鼓相當、呈 fifty-fifty（五五波）的州。

　　有趣的是，如果你仔細研究2000年和2004年的選舉地圖，便會發現一個很明顯的 pattern（模式），那就是支持高爾、凱瑞、及民主黨的選民，多居住在美國人口稠密的東西岸，如東岸的紐約州、麻州及西岸的加州，這些「藍州」居民多屬 Liberals（即自由派或改革派），學歷較高、思想開放、勇於嘗試新事物及接受新觀念；這些人也通常是白領階級、重視少數民族或弱勢團體的權益、pro-choice（即支持女性有墮胎的自主權）、pro same sex marriage（即支持同性戀結婚權）。

　　反之，「紅州」的居民則多分佈在美國中部、中西部、及南部地區的 Conservatives（保守派），他們通常沒有高學歷、多為藍領階級的勞工，思想保守，是虔誠的 church-goer（上教堂者），另外他們也多反對墮胎、同性結婚及婚前性關係，這些人對於布希

家族有著超級狂熱，著名的 NASCAR Dads（改裝車賽車迷爸爸）就是例證。（有關NASCAR Dads，請參考《用英文不用學英文》Part I 第一章）。

　　與 purple state 類似的詞還有兩個，一個是 swing state（搖擺州；游離州），一個是 battleground state（戰場州）。這兩個詞也很新，在2000與2004年美國總統大選中，Ohio（俄亥俄州，也就是我唸博士班的地方啦）因為「紅」、「藍」僵持不下，民調一下子紅、一下子藍，因此被戲稱為 swing state 或 battleground state。美國類似的州還有 Florida（州長就是最會私相授受的小布希弟弟 Jeb Bush）、New Hampshire、Wisconsin 等。不過自從小布希在2000年掌權後，聽說美國的「中間選民」就越來越少了：人們不是支持布希（支持共和黨者），便是 anti-Bush（注意：「反布希」的人不見得是贊成凱瑞或支持民主黨喔！），完全壁壘分明。唉，可以讓原本和諧的美國分裂成這般，小布希果然是狠角色！

例　句

❖ Ohio is regarded as a deep purple state; its 20 electoral votes can sometimes determine the outcome of a Presidential race.
俄亥俄州被認為是個道地的紫州；它的20張選舉人票有時會決定總統選舉的結果。

延 伸 單 字

* purple state   (n.)   [`pɝpl̩ stet]   紫州

* NASCAR Dads   (n.)   [`næskɑr dædz]   改裝車賽車迷爸爸

* swing state   (n.)   [swɪŋ stet]   搖擺州

* battleground state   (n.)   [`bætl̩ˌɡraʊnd stet]   戰場州

pre-emptive self-defense（**n.** 先制防衛）

（入圍2003年 ADS「年度風雲單字」）

在9-11後，許多英語詞彙在一夕之間多了起來，例如 terrorist（恐怖份子）、terrorism（恐怖主義）、WMD（Weapons of Mass Destruction；大規模毀滅性武器）等等。這裡要介紹另一個也在9-11後被新聞媒體大量討論的英語詞彙：pre-emptive self-defense，指的是一個國家對新興的威脅採取「先發制人」的手段，在威脅出現前主動出擊。pre-emptive self-defense 背後的邏輯是，如果一個國家事事採取較強硬的外交政策，便較容易迫使敵對的國家合作或屈服。

pre-emptive self-defense 還有其他幾種常見的說法：pre-emptive strike、pre-emption，意思不外乎「先制攻擊」、「先發制人」。美國在9-11後侵略伊拉克，便是採用 pre-emptive self-defense 的政策。儘管這種外交政策引起國際間極大的反彈，美國還是決定在找不到伊拉克境內 WMD、也找不到海珊與9-11有任何掛勾的情況下展開名為 decapitation strike（斬首行動）的軍事攻擊。

很多人對於小布希政府的 pre-emptive self-defense policy 並不意外，因為自從小布希上任以來，便一直奉行所謂的 unilateralism（單邊主義；片面主義）：不願從事外交協商、不惜得罪盟友、用軍事手段解決外交問題、甚至刻意營造國際間的緊張氣氛。這種打著 American supremacy（美國至上；美國霸權）的

外交態度，使美國成為一個我行我素、不受約束的國家。

❖ Bush said that the US did not initiate the war with Iraq; rather that the US was just defending itself. But wasn't "pre-emptive self-defense" what Hitler used as an excuse for going into Poland?

小布希說，美國並沒有主動發動對伊戰爭；美國只是防衛自己罷了。但「先制防衛」不也就是希特勒當年用來進逼波蘭的藉口嗎？

延伸單字

*pre-emptive self-defense	(n.)	[prɪˋɛmplɪv sɛlf dɪˋfɛns]
先制防衛		
*terrorist	(n.)	[ˋtɛrərɪst]　恐怖份子
*terrorism	(n.)	[ˋtɛrə͵rɪzəm]　恐怖主義
*decapitation	(n.)	[dɪ͵kæpɪˋteʃən]　斬首；殺頭
*unilateralism	(n.)	[͵junɪˋlætərəlɪzm̩]　單邊主義
*supremacy	(n.)	[səˋprɛməsɪ]　至高；霸權

neo-conservatism（n. 新保守主義）
neo-conservative / neocon（n. 新保守主義者）

在 9-11 恐怖攻擊後，美國政府在國際政治上，走向了所謂的 neo-conservatism。「新保守主義」思想主要源於當代著名的保守主義思想家 Leo Strauss，他認為制度有絕對的善與惡，而反抗惡政，是西方人「與生俱來」的權利與義務，其神聖性甚至可以不受國際組織或法規的約束。另一位被稱為「新保守主義教父」的 Irving Kristol 也反對民主黨人士所謂的國際主義，認為依靠國際組織和經濟發展去推動世界民主是天真而不切實際的想法，因為解決國際問題，靠的不是敦親睦鄰，而是「強權」。

簡言之，neo-conservatism 的主要信條為：（一）「自由民主」與「集權專制」乃水火不容，西方民主國家必須挺身反對暴政、（二）美國自由民主的價值觀乃至高無上，應順理成章擔負起拯救其他苦難國家人民的神聖使命。

這裡所謂「暴政」及「集權專制國家」，Cold War era（冷戰時期）是以蘇聯等共產國家為代表，現在則換成中東激進的回教國家及擁有核武、視美國如無物的國家。

在美國，neo-conservatives 大多是知識分子，意識形態味濃厚，他們堅信「全球民主化」的概念，必要時甚至不惜以武力推行。其實這個極端的思想並不是最近才有，早在雷根主政時期便曾興盛一時，不過在冷戰結束後便被束之高閣，直到 9-11 後，才又開始死灰復燃。而這股獨特的政治意識形態，也使得小布希政府膽敢舉著「捍衛自由民主價值觀」的大旗，不顧國際間的反對、不遵循

聯合國的決議，攻打阿富汗及伊拉克。

　　無論大家贊同與否，neo-conservatives 主導美國的外交政策已是事實，這種思維也影響了國際關係，使得世界秩序劇變。若說 neo-conservatism 間接促成了這次的美伊戰爭，其實並不為過。至於小布希團隊中，有哪些是標準的 neocons？副總統 Dick Cheney（錢尼）、國防部長 Donald Rumsfield（倫斯斐）、國防副部長 Paul Wolfowitz（伍夫維茲）等是也！

例　句

❖ The neoconservatives in the Bush administration favor hawkish foreign policies and overt militarization because of their main purpose of promoting American supremacy and their simplistic belief that any given situation can be resolved with aggression.

由於小布希團隊的新保守主義者的主要目的是提倡美國的霸權地位，又單純相信侵略對手可以解決任何問題，因此這些人偏好鷹派的外交政策及公然的黷武主義。

延伸單字

＊neo-conservatism	(n.)	[ˌniokən`sɜvətɪzəm]	新保守主義
＊neo-conservative	(n.)	[ˌniokən`sɜvətɪv]	新保守主義者
＊neocon	(n.)	[`nio͵kɑn]	新保守主義者
＊era	(n.)	[`ɪrə]	時期
＊militarization	(n.)	[͵mɪlətərɪ`zeʃən]	黷武主義
＊aggression	(n.)	[ə`grɛʃən]	侵略；攻擊

Bushism（**n.** 布希語錄）

自從小布希2000年當選總統以來，美國境內批評他的聲浪就不曾斷過，除了眾所周知的電影 "Fahrenheit 911"（華氏911），還有好幾十本批評他的專書。根據統計，約半數的美國人認為小布希治國無方，將國家帶到錯誤方向，使國內面臨 Vietnam war（越戰）以來最嚴重的政治分裂。小布希也因此成為美國的 divider（分裂者），而非 uniter（團結者）。

不過也有些人認為，小布希在任並非全然是個 disaster（災難）；怎麼說呢？因為他的 hysterical misstatements（十分可笑的口誤）至少帶給大家茶餘飯後恥笑他的快感！也因此，Bushism 的其中一個意思便是形容「小布希講話風格的荒唐可笑」。小布希講錯話的頻率有多高呢？大家只要上網隨便搜尋，便可以找到一拖拉庫的資料，有些作者甚至還因為出版了取笑 Bushism 的書而賺翻天了呢！

說起來，小布希可以算是美國歷屆總統中少數承認自己「不愛看書」的，不過說起自己的不愛看書還可以理直氣壯的，大概就屬他老兄一個人了。其實不只他不愛唸書，據說整個 Bush Administration（小布希團隊）中真正愛唸書的也沒幾個，而且那些說自己愛唸書的官員，唸的也通常是軍事、戰爭類的書籍，因此有讀跟沒讀一樣，完全不能修身養性，造成了現今布希政府的膚淺空乏。

以下就是幾個標準的 Bushism 例子：

❖ "I believe that the human being and the fish can coexist peacefully."

「我相信人類可以與魚和平共存。」

拿「萬物之靈」與魚相比，你確定你有學過「類比」嗎？那小布希你今天起去睡豬舍，跟豬和平共存好了！

❖ "She's a West Texas girl, just like me."

「她是個德州西部的女孩，我也是。」

我知道你小布希也是來自德州西部，不過你確定你真的是女的嗎？

❖ "More and more of our imports come from other countries."

「我們國家有越來越多的進口品來自其他國家。」

「進口品」當然來自其他國家，你當我是白癡嗎？

❖ "They misunderestimated me."

「他們都？？？我了。」

小布希聽好，英文只有 misestimate（估計錯誤）與 underestimate（低估），沒有你說的那個 misunderestmate，知道嗎？

❖ "I am responsible for all my mistakes. And so are you."

「我對我的錯誤有完全的責任，你對我的錯誤也有完全的責任。」

> 這句話應該是 I am responsible for all my mistakes. And you should be for yours.我對我的錯誤有完全的責任，你對你的錯誤也有完全的責任。 小布希，你學過英文文法嗎？你確定自己是美國人嗎？

Bushism 還有一個意思，是形容「布希總統及其團隊所採取的一連串強硬的外交信念與措施」，在下一冊的書中會有詳細介紹。

延 伸 單 字

＊Bushism (n.) [ˋbuʃɪzm̩] 布希語錄
＊divider (n.) [dəˋvaɪdə] 分裂者
＊uniter (n.) [juˋnaɪtə] 團結者
＊hysterical misstatement [hɪsˋtɛrɪk] mɪsˋstretmənt] 可笑的口誤

embedding（n. 隨軍採訪）
embed（n. 隨軍採訪的記者；v. 隨軍採訪）

（入圍2003年 ADS「年度風雲單字」）

9-11後所創造出來的英語詞彙還真不是普通的多！embedding 就是其中很重要的一個。在美伊戰爭開始時，美國國防部長倫斯斐便積極推動 embedding 計畫，將全世界數百名的戰地記者送到美軍前線，讓記者可以提供第一手資訊及畫面給觀眾。國防部這麼做，除了要全世界的人體驗震撼人心的戰爭「臨場感」，還要他們看到美軍是如何漂亮地贏得這場戰事。而這些加入軍隊單位，提供該單位打仗時現場報導的新聞記者，便被稱為 embeds。

embed 的原意是「嵌入」，例如「資料嵌入技術」稱為 data embedding technique、「字型嵌入」稱為 font embedding、「物件嵌入」稱為 object embedding。

為了做到戰爭的深入報導，這些 embeds 必須深入軍營，與美軍同吃喝、同進退。聽起來頗酷，不是嗎？其實並不！要成為 embed，首先必須獲得美國國防部的批准，然後便必須到 embed boot camp（隨軍採訪新生訓練營）裡與其他記者接受為期一、二週的戰地訓練。這種訓練可不是什麼小朋友的 summer camp（夏令營）哦，而是真的教會這些記者在戰地自保：如何包紮傷口、如何跳下直昇機、如何在野地上廁所、如何使用羅盤與防毒面具、如何穿救生服、如何使用防化學武器的針劑……，不一而足。

據說這些 embeds 還必須在拿到記者證前簽幾份協議書，證明自己在戰事時若發生意外，一切錯都在自己，與美軍沒有任何關

連。唉，人家說新聞媒體是第四權，可見這「無冕王」還真不是好當的！

> **例　句**
>
> ❖ In Virginia, many reporters and photographers--the embeds--gathered in a training base to learn how to improve their chances of surviving a war with Iraq.
>
> 在維吉尼亞州，許多記者與攝影記者——所謂的「隨軍採訪記者」——聚集在一個訓練基地，學習如何在對伊戰爭中增加其活命的機會。

延伸單字

＊embedding	(n.) [ɪmˋbɛdɪŋ]	隨軍採訪
＊embed	(n.) [ɪmˋbɛd]	隨軍採訪的記者

CNN effect（n. CNN 效應）

　　親愛的讀者：今年年初東南亞大海嘯發生時，在台灣的你是不是一天花好幾小時收看相關的新聞報導？還有前幾年台灣發生921大地震時，你是不是也24小時守在電視機前？如果是，那你的行為可說反映了 CNN effect！什麼是 CNN effect？CNN effect 指的是在一個大危機其間，許多人留在家裡看電視轉播而不出門消費，對經濟所產生的負面影響（CNN 是美國 Cable News Network 有線新聞電視網的縮寫）。

　　聽起來很誇張嗎？其實不然。CNN effect 第一次出現在 the first Gulf War（第一次波斯灣戰爭）時。這段期間很多美國人因為關心戰況，足不出戶地在家裡觀看 CNN 或其他新聞來源，導致許多商店都沒有人光顧，消費支出減少，從而對美國的整體經濟產生不良影響。至於為什麼不用其它家電視台的名稱，如 ABC effect、CBS effect……，而要用 CNN effect 呢？那是因為 CNN 電視台在第一次波斯灣戰爭期間的收視率是所有新聞頻道中最高的。

　　至於第二次的 CNN effect 何時產生？答案是在第二次波灣戰爭時。不過據說那時收視率最高的新聞頻道已不是 CNN，而是後起之秀 Fox News（福斯新聞）！

　　2001年發生911攻擊事件時，很多美國人便很擔心第三次的 CNN effect 會不會產生？這樣的擔心其來有自：因為早在911之前，美國的經濟就已經開始走下坡，而且許多知名企業也紛紛大幅度裁員，使得美國的 Consumer Confidence Index（消費者信心

指數）十分低落。911其間，幾乎所有美國人都把臉 glued to their TVs（貼到電視機前），寸步不離。更慘的是，911之後連續爆發多起 anthrax attacks（炭疽病毒攻擊的案例），更嚇得大家不敢出門。各行各業中，受 CNN effect 影響最慘的要算 service-oriented venue（服務業場所），例如電影院、餐廳、百貨公司等，因為這些消費原本就可有可無，在大家關心「世界大事」的同時，便顧不得豪華享受了！

不過9-11當時的一些專家倒是蠻樂觀的，因為他們認為，人們的日子還是要過，東西要吃、日用必需品要買，所以就算有 CNN effect，應該也只是一陣子，不至於導致經濟衰退。

例 句

❖ During the 921 earthquake, the CNN effect did not cause Taiwan's economy to fall into recession; after all, the average Taiwanese already watches several hours of TV a day.
921大地震時，「CNN 效應」並沒有導致台灣經濟衰退；畢竟一般的台灣人早已是每天看好幾小時的電視了。

延伸單字

*CNN effect	(n.)	[si ɛn ɛn ɛˋfɛkt]	CNN 效應
*anthrax attack	(n.)	[ˋænθræks əˋtæk]	炭疽攻擊
*venue	(n.)	[ˋvɛnju]	場所；地點

CNN effect（n. CNN 效應）

　　前面提到了 CNN effect 對民生經濟的影響，其實 CNN effect 還有另一個意思，那就是「現場直播的國際大事新聞」如何深切影響一個國家的外交政策與結果。這樣的影響有時會加速、有時也會阻礙一個政策的執行，因此，這一層的 CNN effect 深具爭議性：round-the-clock broadcast（二十四小時、不分晝夜的報導）及 breaking news（突發新聞；最新新聞）不是讓一個國家因此捲入原本或可避免的國際爭端，便是讓原本緩慢冗長的外交決定在短時間內被迫要出招，而這種倉促做成的決定往往因為資訊不足而變得更糟，影響事件結果甚鉅。

　　舉例來說，在1992年，當老布希總統看著 CNN 24小時不斷的播放 Somalia（索馬利亞）因內戰而導致難民流離失所的畫面時，便決定派兵去索馬利亞從事 humanitarian aid（人道救援），不過這個決定卻讓美國捲入 Somalia 的內戰，白白犧牲了18條美國大兵的性命。

此乃電影 Black Hawk Down（黑鷹計劃）的故事背景。1993年10月，美國120名特種精英組成的小組受命深入 Somalia 首都完成兩項任務：為當地居民提供人道救助、捉拿 Somalia 軍事政府的兩名高級將領。不料美軍遭到伏擊，兩架「黑鷹」直升機被擊落，造成18名美軍喪生。

這件事發生不到一年，當時的總統 Bill Clinton 也因為看了 CNN 播出一個死掉的美軍在索馬利亞首都 Mogadishu 街道上被殘忍拖行的畫面，而決定從當地倉皇撤軍。這兩個與 CNN 有關的外交決定都引起許多美國人及國際間的質疑，也證實了所謂的 CNN effect 確實存在。現在 CNN 電台雖因越來越多24小時新聞台的競爭而無法一枝獨秀，其影響力卻依然不小，因此，CNN effect 這個詞現在的意思可以包括所有 real-time news coverage（即時新聞報導）對一個國家政策的影響力。

話說 CNN effect 雖然強大，現今還有一股更強大的勢力正在崛起，那就是所謂的 World Wide Web Effect（網際網路效應）。World Wide Web Effect 到底有多強大？我們可以從現在以倍數成長的 blog 網頁看出端倪。blog 在這次震驚世界的東南亞海嘯事件中，更因其即時、無國界的特色，發揮了尋人、通報消息的重要功能，其效力與影響性甚至大過許多官方或國際救難組織。有識之士便預測，World Wide Web Effect 影響國家政策或國際間互動是指日可待的！

例　句

❖ The CNN-effect took place in this US-led war with Iraq, in which many Americans gathered around TV sets to watch the green images of a night-time air assault on Iraq.

這次以美國為主導的伊拉克戰爭中，所謂的 CNN-effect 發生了，那時很多的美國人在電視機旁聚集，看著夜晚空襲伊拉克的綠色畫面。

*humanitarian aid	(n.)	[hjuˌmænəˋtɛrɪən ed]	人道救援
*blog	(n.)	[blog]	部落格；網路日記

pre-emptive self-defense

actorvist（n. 演員積極主義者）

我們之前介紹了一個跟「演藝人員＋政治」有關的新詞 politainer，現在要介紹另一個：actorvist。在好萊塢，雖然有些演藝人員沒有真地躍上政治舞台，但他們對政治不同程度的狂熱，仍然讓他們被冠上 actorvist 的封號。

大家都知道，這幾年台灣政壇風風雨雨、風波不斷，高潮迭起，簡直比八點檔連續劇還精彩。其中最顯著的現象，便是大家彼此亂扣帽子：你是「急統」（pro-unification radical）、他是「急獨」（pro-independence radical）、你是「泛藍」（pan-blue）、我是「泛綠」（pan-green），還有人是「橘子綠了」、有些人是「外藍內綠」……。其實不僅是台灣人喜歡隨便替別人「正名」，美國人也超愛替其他人取綽號：hawk（「鷹派」；政治上的強硬派、主戰派）、dove（「鴿派」；政治上的溫和派、主和派）、left-wing（左翼；左派）、right-wing（右翼；右派）……不一而足。

actorvist 是 <u>actor</u>（演員）＋ act<u>ivist</u>（積極份子；行動主義者）而來。長久以來，大部分的好萊塢明星都傾向支持以自由開放著稱的民主黨（Democratic Party），因此也常常被掛上 left-wing stars（左翼明星）的稱號。有名的好萊塢 actorvists 包括永遠的帥哥 Richard Gere（支持西藏獨立及人權）、情侶檔 Tim Robbins 與 Susan Sarandon（關注很多美國國內外議題）、瑪丹娜的前夫「壞小子」Sean Penn（反美國侵伊）、Ed Begley Jr.（特別主張環保

的重要性）等，另外像 Martin Sheen、Mike Farrell、Janeane Garofalo 等，也是有名的積極參與政治的好萊塢明星。「愛國不落人後」，果然沒有職業分別！

> 例　句

> ❖ In reacting to the US-led war to Iraq, Hollywood actorvists Martin Sheen, Sean Penn, and others joined a protest march held in downtown L.A.
>
> 針對美國所領導的對伊戰爭，好萊塢「演員積極主義者」Martin Sheen、Sean Penn、以及其他演員參加了一個在洛杉磯市中心舉行的抗議遊行。

延伸單字

*actorvist	(n.)	[ˈæktə‧vɪst]	演員積極主義者
*radical	(n.)	[ˈrædɪk!]	激進分子
*hawk	(n.)	[hɔk]	鷹派
*dove	(n.)	[dʌv]	鴿派

de-policing / depolicing （n. 降低執法；不執法）

（獲選2001年 ADS「最有用單字」）

在美國，很多少數族裔，包括黑人、西裔、亞裔、印地安原住民等，常覺得警察因其長相而對他們另眼相看，甚至找他們麻煩，因此常常抗議 racial discrimination（種族歧視）。結果，很多警察為避免被指為 racist（種族歧視者），便選擇在這些「非白人」（non-white）犯罪時故意放他們一馬；這種情形，就叫做 de-policing。在美國，最常見的 de-policing 是警察看到少數族裔駕駛人犯下的交通違規事件時，故意不舉發，或者當他們犯偷竊、損毀公物的 low-level crime（小罪）時，睜一隻眼閉一隻眼。

與 de-policing 類似的說法還有 selective disengagement（選擇性不參與）與 tactical detachment（戰略上的超然），夠詭異的稱呼吧？

很多人或許以為，警察選擇 de-policing 後，種族歧視的情形應該會減少許多，連帶的少數族裔的社群就會較安寧，誰知情形剛好相反：美國很多地區便因為警察在少數族裔彼此間的小鬥毆時叉手不管，最後演變成嚴重的暴力事件。這種因為 de-policing 而導致的犯罪率上升，可能是警察們始料未及的！

話說回來，原本美國警察對民眾種種的指控根本不放在眼裡（美國警察的權力很大，是台灣警察不能想像的），不過在經歷一連串罪證確鑿的警察虐待少數族裔事件、再加上911後，很多人都指控美國執法人員專挑少數族裔的人進行不合理的 security check

（安檢），許多警察才乾脆來個 de-policing，消極抵抗。

另外，在911前，很多少數族裔的人都指控美國警察實行 racial profiling，也就是所謂「種族描繪；種族定性現象；選擇性執法」，意指警察根據少數族裔的「輪廓」來執法，加深社會上「少數族裔經常犯案」的成見。911後，美國人又根據 racial profiling 這個詞的諧音，發明了一個新詞：facial profiling（面相描繪）：很多機場的安檢人員根據機場架設的錄影帶，在眾多人潮中指認罪犯或找出「最可能犯罪」的恐怖份子。當然，「最可能犯罪」通常都是中東族裔或是膚色較黑的人士！

例 句

❖ "We're going to depolice; we'll sit back and watch a crime and we won't do anything," a Houston policeman said, when the scene of race riots took place in a Hispanic community.

「我們要『不執法』；我們要輕鬆地看著犯罪事件發生而不做任何事」，在西裔社區發生的種族喧鬧事件時，一位休士頓的警察說。

* de-policing (n.) [dɪpə`lisɪŋ] 降低執法

* selective disengagement (n.) [sə`lɛktɪv ˌdɪsɪn`gedʒment] 選擇性不參與

* tactical detachment (n.) [`tæktɪkl̩ dɪ`tætʃmənt] 戰略上的超然

* profiling (n.) [`profaɪlɪŋ] 描繪

cyberquatter

CHAPTER 8

健康新主張
醫療保健篇

globesity（n. 肥胖全球化）

　　globesity 是 <u>globe</u>（全球）+ <u>obesity</u>（肥胖症）的綜合體，指的是流行於全球、沒有任何地區可以「倖免」的肥胖症。

　　在一般人的觀念裡，obesity 應只存在於富裕的國家，如美國、西歐國家、台灣等，怎麼可能是 global phenomenon（全球的現象）呢？事實上，根據 WHO 的調查，全球患有 obesity 的人口中，有高達1/3是住在 developing countries（開發中國家）的；在許多南美洲的國家，甚至 Kuwait（科威特）、Jamaica（牙買加）等國家，都可以發現患有 obesity 的人。

　　globesity 這個新詞據說是 WHO 所創，WHO 也警告世人：Obesity is one of today's most blatantly visible--yet most neglected--public health problems.（「肥胖症是今日最顯著的——卻也最被忽視的——公共健康問題」）。WHO 為了怕大家不知道 globesity 的可怕，還特別將這個新疾病冠以 global epidemic（全球傳染病）的稱號呢！

　　globesity 這個新詞不僅有趣，還很貼切，難怪在全球經濟普遍不景氣的今天，與「減肥」相關的行業還是商機無限！

　　提醒大家：WHO 即 World Health Organization，「世界衛生組織」；就是那個我們一直想成為會員，卻一直進不去的組織啦！

❖ Globesity is taking over many parts of the world. Worldwide, 750 million adults are overweight, and 300 million more are obese.

「肥胖全球化」正佔領全球的許多地方。全世界有七億五千萬個成人過重、另外三億人則患有肥胖症。

延 伸 單 字

*globesity	(n.)	[͵glo`bisətɪ]	肥胖全球化
*globe	(n.)	[glob]	全球
*obesity	(n.)	[o`bisətɪ]	肥胖症
*phenomenon	(n.)	[fə`namənən]	現象
*epidemic	(n.)	[ɛpə`dɛmɪk]	傳染病

diabesity（n. 糖尿病加肥胖症）

與之前所述 globesity 很像的新詞還有一個：diabesity。這個字是由 <u>diabe</u>tes（糖尿病）+ <u>obesity</u>（肥胖症）而來，通常指的是因「過度肥胖」而引起的糖尿病，導致患者 diabetes 與 obesity 兩種疾病都有，可說是蠻慘的。

肥胖對身體所造成的傷害已經越來越多。在美國，有些得了 diabesity 的苦主還轉而控訴如「麥當勞」等的速食連鎖店。你或許會覺得這些美國人真可愛，不好好檢討自己，竟轉而告起那些「害」他們變胖速食店，真是有點莫名其妙！怪就怪在這些人竟真的找來嗜血的律師，大搖大擺的將速食店的罪狀一一列出，好像千錯萬錯都是速食店的錯，自己都沒有錯！

更誇張的是，自從心臟病打敗癌症，成為英國人的頭號殺手，以及越來越多年輕人患有糖尿病後，英國在2004年認真考慮對會造成肥胖，尤其是導致肥胖症、心臟病及其他相關健康問題的食物課徵 fat tax（肥胖稅；另稱 fat food tax、fatty food tax、obesity tax、junk food tax）！至於有哪些食物被列為可能必須課稅的「危險食物」呢？根據泰晤士報，以下便是所謂的「危險食物」：

* dairy products: fresh butter, cheddar cheese, whole milk, etc.（乳製品：如新鮮奶油、巧達起司、全脂牛奶等）
* fast food: cheeseburger, takeaway pizza, etc.（速食：如起司漢堡、外帶披薩等）

✖ sweets: milk chocolate bar, Danish pastry, butter toffee popcorn, etc.（甜點：如牛奶巧克力棒、丹麥麵包、奶油太妃爆米花等）

（ 例 句 ）

❖ Some authorities have compared diabesity expected in the first 20 years of the 21st century to the AIDS epidemic in the last 20 years of the 20th century.
一些專家已經將21世紀前20年預期會發生的「糖尿病加肥胖症」與20世紀最後20年所盛行的流行病 AIDS 相比。

❖ A recent study found that a "fat tax" could help prevent up to 1,000 premature deaths from heart disease a year in the UK.
一個最近的研究發現，課徵「肥胖稅」可以幫忙預防英國一年裡近一千個心臟病過早死亡案例。

延 伸 單 字

* diabesity	(n.)	[ˌdaɪəˋbisətɪ]	糖尿病加肥胖症
* diabetes	(n.)	[ˌdaɪəˋbitɪz]	糖尿病
* obesity	(n.)	[oˋbisətɪ]	肥胖症

flexitarian（n. 彈性素食者）

（獲選2003年ADS「最有用單字」）

大家都知道，「素食者」的英文叫做 vegetarian，「肉食者」的英文叫做 carnivore，那什麼是 flexitarian？flexitarian 指的是一個大部分時間吃素，但不方便時，也可以吃些魚、肉的素食者；有點像是我們中文裡俗稱吃「鍋邊素」、「方便素」的人。

現今世界上有越來越多的人選擇成為素食者，有些是因為 religious reason（宗教的理由），有些是為了 animal rights（保護動物權利），不過 flexitarian 的理由通常非以上兩者，而是為了更健康的身體。這些 flexitarian 相信多吃素食對身體好，但有時因為想念「肉味」而破戒，或者因為適逢感恩節大餐而「入境隨俗」。

與這種 flexitarian 心態相反的是 vegan（純素食者；完全素食主義者），這些人除了拒絕吃肉，也不吃任何從動物而來的產品，如蛋、乳製品、蜂蜜等；有些 vegan 甚至連從動物而來的相關產品，如絲製品、皮具、利用動物測試的化妝品等，也拒絕使用，意志可謂十分堅定。

我對於 vegan 的毅力與精神是相當的佩服啦，不過一些 vegan 走火入魔，有妨礙別人飲食自由之嫌。我有一個外國朋友就是超級 vegan，總故意在我吃肉時學哞哞的牛叫聲，害我差點吃不下去！

附帶一提，由 vegetarian 的字根 -tarian 衍伸而來的字，除了 flexitarian 外，還有 fruitarian（只吃水果者）、pescetarian（只

吃海鮮與素食者）等。

❖ Lucy is a flexitarian; although she eats primarily fruits, vegetables, and grains, she is quite flexible about meat and fish.

Lucy 是個「彈性素食者」；她大多吃水果、蔬菜及穀類，但也不會拒絕肉類或魚類。

延伸單字

* flexitarian	(n.)	[͵flɛksə`tɛrɪən]	彈性素食者
* vegetarian	(n.)	[͵vɛdʒə`tɛrɪən]	素食者
* carnivore	(n.)	[`kanə͵vor]	肉食者
* vegan	(n.)	[`vigən]	純素食者
* fruitarian	(n.)	[fru`tɛrɪən]	只吃水果者
* pescetarian	(n.)	[`pɛsk͵tɛrɪən]	只吃海鮮與素食者

orthorexia（n. 健康食品症）

親愛的讀者：你身邊是不是有一些人只吃 organic food（有機食物）？而且就算是吃有機蔬菜，這些人還要挑剛剛摘下來的、或是用水沖過一百遍的、甚至是用「蔬果洗滌機」清洗過的？這些人也主張青菜最好生吃，吃的時候還要細嚼慢嚥，最好每一口嚼它個20下再吞下去……。今天的這個新詞，便是用來形容這種「非健康食物不吃」的極端心態：orthorexia；擁有此心態的人，便稱之為 orthorexic（健康食品症者）。

orthorexia 這個字中的 -orexia 是「食慾」的意思，而 ortho- 意為「正統、正當」；orthorexia 指的是一個人僅吃健康食品所引發的飲食失調病症。另外，根據不同人的不同「症狀」，在 orthorexia 這個大傘下，還有只吃生食的 raw foodism（生食主義）、只吃水果的 fruitarianism（水果主義）、超愛斷食的 extreme fasting（極端斷食）、以及 macrobiotics（長壽飲食）等等。

orthorexia 一詞是由 Steven Bratman 所提出的，他認為 orthorexia 與另外兩大飲食失調病症：anorexia（厭食症）及 bulimia（飢餓病；貪食症）有許多相似之處，除了以下的差別："... the bulimic and anorexic focus on the quantity of food, the orthorexic fixates on its quality."（「『飢餓病』與『厭食症』患者著重在食物的『量』；而『健康食品症』患者執著於食物的『質』」）。

其實，一個人對食物品質的過度擔心及挑剔，本身就可能是一

種「病」；因為太過注重健康飲食往往導致很多東西不敢吃，使身體缺乏基本的營養；而且長期神經兮兮，怕東怕西，也讓人的身體更不健康，得到 orthorexia nervosa（對健康飲食的神經過敏），亦即對健康飲食的「不健康」執迷！

-orexia 與 -orexic 是很好用的字根，例如「厭食症」的英文是 anorexia（an- 是希臘文「無」之意），而「厭食症患者」便叫做 anorexic。還有我們之前學過，「日曬狂熱」的英文是 tanorexia，而「日曬狂」便叫做 tanorexic。

例　句

❖ Don't take orthorexia lightly; it is an extreme diet and a true eating disorder!

別小看「健康食品症」；它是個極端的飲食方式，也是真正的飲食失調！

延伸單字

* orthorexia	(n.)	[ˌɔrθəˋrɛksɪə]	健康食品症
* organic food	(n.)	[ɔrˋgænɪk fud]	有機食物
* extreme fasting	(n.)	[ɪkˋstrimˋfæstɪŋ]	極端斷食
* macrobiotics	(n.)	[mækrobaɪˋatɪks]	長壽飲食
* bulimia	(n.)	[bjuˋlɪmɪə]	貪食症

grazing / grazing diet （n. 少量多餐飲食法）

graze 這個字原意是將動物放牧、餵草，不過口語上也有「吃多種小零食、開胃菜」的意思。將這個字用到現在最流行的減肥議題上，grazing 或 grazing diet 指的就是少量多餐，或者在正餐時只吃幾道小小的開胃菜，以達到減肥目的的飲食法。grazing diet 的理論是，一個人若讓自己的飲食習慣變成少量多餐，會減少身體 insulin（胰島素）及 blood sugar（血醣）的劇烈波動，因而減少對食物的渴望。

對照 grazing，現今很多人最常用的減肥方式是一天一餐，以為這樣便可以「少吃」，其實這種減肥法除了很容易讓人在唯一的一餐吃下很多卡路里外，其他時間什麼都不吃，也很容易讓身體的 metabolism（新陳代謝）變得混亂，因為人的身體有自動保護機制，當身體不知道你的下一餐要何時才吃時，便會刻意減緩新陳代謝的速度，以免營養不夠，身體承受不了。

不過利用 grazing 這種減肥法也有缺點，因為多餐的結果，雖然少量，還是可能吃得過多，而且也可能因此導致營養不均衡，所以最好的減肥法還是 eat less, exercise more（少吃多運動）！

❖ Grazing enables you to change your metabolism, and eating small meals keeps your blood sugar level from making large up-and-down fluctuations.

「少量多餐飲食法」可以讓你的新陳代謝改變，而且吃小份餐點可以讓你的血醣水平不會大起大落。

延伸單字

*grazing	(n.)	[`grezɪŋ]	少量多餐飲食法
*insulin	(n.)	[`ɪnsəlɪn]	胰島素
*metabolism	(n.)	[mə`tæblɪzəm]	新陳代謝
*fluctuation	(n.)	[ˌflʌktʃu`eʃən]	波動；變動

assisted living （**n.** 老人養護；協助性護理）

　　因為科技及醫療的進步，很多人都越來越長壽。在美國，baby boomers（即介於1946年至1964年出生的「戰後嬰兒潮」世代）人數眾多，且在不久的將來便會漸漸進入老年期，因此這幾年有關老年人的英文新詞也大量出現。其中最常見的詞彙，便是 assisted living。

　　assisted living 泛指對年長者及殘疾者的「生活輔助服務」。在老人醫療領域，所謂 assisted living，指的就是一種設計給獨居老人的安排。assisted living 通常由社會局或老年人所居住的「退休中心」（retirement home）所提供，這些地方通常雇用私人的看護助理、領有執照的護士、以及專業的營養師等，其服務項目包括照料年長者三餐、輔助沐浴更衣、定時叮嚀吃藥、記錄觀察健康情形等等。

　　由於許多國外的年長者不習慣與下一代住在一起，近年在西方社會很流行一種稱作 assisted living housing（支援性住宅；輔助生活居所）的退休房屋，結合房屋與照護於一身，讓年長者可以與其他年長者住在同個社區，互相照應，又可以擁有獨立的空間，因此十分受到歡迎。

　　以下是一些年長者居住服務的英文說法：

✠ nursing home（老人療養院）：此為美國最常見的年長者居住安置服務，提供專業的醫療保健及護士看護。

⍟ adult day care（成人日間照顧所）：這種服務只限於白天，提供給需要被看顧、但不需整天待在養老院的年長者一些簡單的餐飲服務、護理治療、健康活動等。

⍟ in-home service（駐家服務）：年長者可以待在自己的家裡接受護理人員的服務，不需住到安養院。

⍟ retirement home（退休中心）：指租給年長者的公寓，提供退休的銀髮族獨立的居住環境，社區通常有健身房、交誼廳、小型圖書館、美容院等，也提供三餐、洗衣、打掃、社交、藝文等活動。

⍟ personal care home（私人看護中心）：住在這些看護中心的年長者，可以享受24小時的看護服務。

例 句

❖ The assisted living services are for seniors who need a little help with their daily life, but want to maintain their independence.

「協助性護理」服務是提供給那些日常生活需要一點幫忙，但又想要保有獨立自主的老年人。

延伸單字

＊assisted living （n.） [əˋsɪstɪd ˋlɪvɪŋ] 老人養護

＊baby boomer （n.） [ˋbebɪ ˋbumɚ]
戰後嬰兒潮世代出生的人

grey power（n. 銀髮實力）

你可能聽過 green power（金錢魔力，因為美鈔是綠色的），也可能知道 Black power（黑人力量，指的是美國黑人在六〇年代人權運動時所提出的口號之一），不過你知不知道現在英文還有另一種顏色的 power，稱之為 grey power？

什麼是 grey power？大家都知道，一個人的白頭髮稱為 grey hair（注意，不是 white hair 哦！），而一般會有白頭髮的多半是上了年紀的人，所以 grey power 指的就是「老人所擁有的實力」。

什麼「實力」呢？目前許多國家都因為生育率降低及人民平均壽命延長，而面臨高齡化的現象。根據 The Economist《經濟學人》的報導，現在很多上了年紀的人自職場退休後，因為體能、心理狀況仍佳，並不會從此在家「頤養天年」，反而十分活躍，到處趴趴走，享受以往工作時所沒有的各種自由。再加上這些人以往工作時所存的錢，反映出來的，便是雄厚的 purchasing power（購買能力）。這也是為什麼美國有越來越多的媒體廣告是針對老人所設計的、很多車款的銷售目標甚至直接鎖定上了年紀的人。在日本也有專為老人設計的家電用品。許多國家也因為高齡化社會的來臨，積極籌畫各式老人社區。

此外，這些退休的老人因為不需再忙於事業或其他事務，對政治的關心程度自然提高，投票率也相對踴躍，成為一股強大的投票力量，因此是政治人物拉攏討好的一個大族群，其社會實力可見一斑。這些都在在顯示，年長者是一股不可忽視的力量，而這也是

grey power 的由來。

　　説到高齡化社會的來臨，另一個有趣的新詞可以一併學：silver century（銀色世紀）。因為世界上「銀髮」的老人越來越多，很多專家便稱我們所屬的世紀為 silver century！

例　句

❖ In Germany, people over 65s make up 16% of the population; they hold over a third of the national wealth and have huge purchasing power--they are the true "grey power!"

　　在德國，超過六十五歲的人占了人口的16%；他們擁有超過全國三分之一的財富，也有強大的購買力——他們真的擁有「銀髮實力」！

延伸單字

＊grey power　(n.)　[gre`pauɚ]　銀髮實力

＊purchasing power　(n.)　[`pɜtʃəsɪŋ`pauɚ]　購買能力

silver ceiling（n. 銀髮天花板）

　　在職場裡，有一個詞存在已久：glass ceiling（或稱 glass ceiling effect）。glass 是「玻璃」之意，ceiling 是「天花板」，合起來就是「玻璃天花板」，形容一個「無形卻存在的阻礙」。什麼阻礙呢？即女性員工晉升到某一職位後便無法再晉升的阻礙。眾所周知，過去勞動市場裡普遍存在兩性不平等的現象，性別歧視、男女同工不同酬……等情形屢見不鮮，尤其決策階層幾乎都是男性的天下，讓有能力的女性對於可望而不可及的職位高歎 glass ceiling 難以突破。這幾年兩性平等的觀念已漸植人心，不過卻有另一種「天花板效應」正在發酵：silver ceiling effect，指的是職場上一些既定的偏見或態度，使得老一輩的員工在公司無法升遷、加薪、或獲得該有的權力。

　　美國除了 Constitution（憲法）外，還有許多保障人民 equal employment opportunity（公平就業機會）的法案，規定公司在雇用員工時，不可以因為員工的性別、性向、年齡、種族……等而有所歧視，當員工遭到雇用歧視時，便可以向 EEOC（即 The US Equal Employment Opportunity Commission；美國雇用機會平等委員會）投訴；不過雖說如此，大家都心知肚明，職場的歧視現象無所不在。

　　據估計，到了2010年，美國將有八千萬人年齡介於50到80歲，而且這年齡階層的人絕大多數還會留在職場繼續「打拼」。在美國，baby boomers（即在 WWII 後，介於1946年至1964年出生的「戰

後嬰兒潮」世代）現在開始由壯年步入中老年，說老不老（還不能退休）、說年輕不年輕（沒有三、四十歲員工的幹勁及活力），因此常成為企業中最容易感受到 silver ceiling effect 的一群。

大部分的 baby boomers 雖然「人老心不老」，想繼續留在工作崗位上賺錢，無奈許多公司覺得這些 baby boomers 生產力不如新進員工、思想也不夠創新，是阻礙公司發展得元凶，所以想盡辦法讓他們無法升遷、甚至趕走他們，害這些經驗豐富、躊躇滿志的 baby boomers 大嘆「時不我予」。一些比較積極的 baby boomers 還動員有同樣境遇的人，一起為 breaking the silver ceiling（打破銀髮天花板）而努力！

glass ceiling effect 除了指稱女性，還可以指稱少數族裔在職場所受到的不平等待遇；例如很多在美國的黑人及亞裔員工便常常感嘆 glass ceiling effect 讓他們只能停留在某個階層，永遠無法晉升到想要的職位。

例　句

❖ In the U.S., many men and women over age 40 bump up against a silver ceiling in the workplace.

在美國，許多超過四十歲的男女在職場遇到「銀髮天花板」。

延伸單字

* silver ceiling	(n.)	[`sɪlvɚ`sɪlɪŋ]	銀髮天花板
* constitution	(n.)	[͵kɑnstə`tjuʃən]	憲法

strollerobics（n. 嬰兒車有氧運動）

你是不是常在美國的電視影集中，看到一些的年輕媽媽們一邊推著嬰兒車，一邊快速的走路？這種給剛生寶寶的媽媽做的有氧運動，便叫做 strollerobics。Strollerobics 是從九〇年代中期的加州開始流行起來的，由 <u>stroll</u>er（嬰兒車）+ a<u>erobics</u>（有氧運動）而來，顧名思義就是讓媽媽們（爸爸當然也可以）一面推娃娃車、一面運動。

strollerobics 的原始用意是希望剛生產完的媽媽們可以藉由運動快速瘦身，而且也可以在運動的同時享受與新生寶寶相處的滿足感；另外，因為媽媽們是推著小嬰兒做運動，因此連保母費也省下來了。據說 strollerobics 的發明人是 Donna Lanam，她本身是個 certified aerobics instructor（有照的有氧運動老師），自己也有四個小孩，她在1993年發想出這個具高度能量的有氧運動（high-energy aerobics），也由於她的推廣，這個運動漸漸風行全美國。

> **例 句**
>
> ❖ Strollerobics is a mother and baby exercise program emphasizing cardiovascular fitness through power walking.
>
> 「嬰兒車有氧運動」是一種母親與孩子的運動課程，著重在藉由強而有力的行走達到心臟血管的健康。

* strollterobics (n.) [ˋstrolɚˏobɪks] 嬰兒車有氧運動

* stroller (n.) [ˋstrolɚ] 嬰兒車

* aerobics (n.) [ɛəˋrobɪks] 有氧運動

* cardiovascular (adj.) [ˏkɑrdɪoˋvæskjulɚ]
  心與血管的；循環系統的

strollerobics

slimnastics（n. 減肥有氧）

現代人吃得飽也吃得好，體重過重、營養過剩已不可避免，在經歷過各種奇奇怪怪的減肥方式後，愈來愈多的人開始體認：唯有適當運動，才能真正有效減肥。我們今天就來談談一些目前最 in 的運動英文新詞。

slimnastics 是由 slim（苗條的）+ gymnastics（體操；健身術）而來，可想而知，運動者希望藉由有氧舞蹈等的健身操達到減重的目的。其他類似這樣的字還很多，例如 jazzercise（爵士操），指的就是一邊放著爵士樂，一邊跟著節奏做運動（jazz + exercise）；而 dancercise（跳舞操）便是 dance + exercise，一邊跳舞一邊運動。

目前健身房常見的運動課程，還有下列幾項：

⌖ power yoga（強力瑜珈）：發源於 Ashtanga 的 power yoga 結合了肌力與柔軟度，動作比一般傳統的瑜珈變化快且劇烈許多。power yoga 據說是許多明星，如 Sting（史汀）與 Gwyneth Paltrow（葛妮斯·派特蘿）的最愛。

⌖ hi-low（高低運動）：結合了有氧運動與高低衝擊動作的運動，除了可以減肥，還可以強化心肺功能。

⌖ hip-hop（街舞）：結合了爵士與目前最流行的街舞，兼顧趣味及流行感。

⌖ step（階梯運動）：利用踏板高低不同達到運動健身的目的。

✤ body combat（戰鬥有氧）：融合拳擊、太極拳、跆拳道、空手道、有氧等多種動感的運動形式，配上節奏強烈的音樂，既可以增進心肺功能，還可以增進爆發力及平衡感。其他如 kick boxing（搏擊）、Tai Bo（有氧拳擊）等，皆為類似的課程。

提到這麼多運動健身的新詞，當然不可不提目前流行於仕女圈的 Pilates（皮拉提斯），這種結合東方瑜珈和西方有氧運動的健身形式，在許多好萊塢一線女星的背書下，已大大風行全世界。連我這硬骨頭的懶人都很想去試試呢！

> (例　句)
>
> ❖ I am trying slimnastics and other new genres of exercises hoping to lose weight and develop strength from the inside out.
> 我現在正在嘗試「減肥有氧」及其他類型的新運動，希望能夠減肥，而且增強身體由內到外的力量。

延伸單字

*slimnastics	(n.)	[slɪm`næstɪks]	減肥有氧
*gymnastics	(n.)	[dʒɪm`næstɪks]	體操；健身術
*power yoga	(n.)	[`pauɚ `jogə]	強力瑜珈
*body combat	(n.)	[`badɪ `kambæt]	戰鬥有氧
*Tai Bo	(n.)	[`taɪbo]	有氧拳擊

2003 與 2004 年

American Dialect Society（美國方言協會）最 in 新詞

2003 年

Word of the Year 「年度風雲單字」：

英　文	中　譯	備　註
metrosexual*	都會性別人	參考《用英文不用學英文Part I》第一章
embed	隨軍採訪	參考本書第七章
governator	州長終結者	參考本書第七章
pre-emptive self-defense	先制防衛	參考本書第七章
SARS	非典；急性呼吸道症候群	
weapons of mass deception	大規模欺騙武器	在下一冊書中將有詳細探討
zhuzh; tjuzs	打點衣著或頭髮，使之具流行感	參考本書第一章

Most Useful「最有用單字」：

英　文	中　譯	備　註
flexitarian*	彈性素食者	參考本書第八章
ass-hat	蠢蛋	
-shoring	……岸性	參考本書第六章
text	傳送文字檔訊息	

Most Creative「最有創意單字」:

英　文	中　譯	備　註
freegan*	嗟來食者（目的是抗議已開發國家浪費食物、資源的風氣）	在下一冊書中將有詳細探討
tanorexia	日曬狂熱	參考本書第三章
governator	州長終結者	參考本書第七章
manscaping	男性體毛修剪	參考本書第一章
tofurkey	素火雞（即用小麥麩、大豆、以及其他素食材料做成的素雞、素鴨、素魚等）	參考《用英文不用學英文Part I》第一章

2004 年

Word of the Year「年度風雲單字」:

英　文	中　譯	備　註
red state, blue state, purple state*	紅州，藍州，紫州	參考本書第七章
flip-flopper	反覆、搖擺不定的人（乃2004年美國總統大選中，共和黨屢次用來指責民主黨總統候選人參議員 John Kerry 約翰·凱瑞的字）	在下一冊書中將有詳細探討
mash-up	混搭聯唱	參考本書第三章
meet-up	群眾聚會（乃網友們透過網路所運作、舉行的地區性團體聚會）	在下一冊書中將有詳細探討
wardrobe malfunction	衣服故障	參考本書第一章

Most Useful「最有用單字」：

英　文	中　譯	備　註
phish*	網路釣魚	參考本書第五章
backdoor draft	秘密徵兵（指的是小布希在侵伊戰爭中備受批評的徵兵政策）	在下一冊書中將有詳細探討
blog-	以「網路部落格」為字首的新字	在下一冊書中將有詳細探討
fetch	酷到不行的；in 到不行的（出自電影 Mean Girls「辣妹過招」）	在下一冊書中將有詳細探討

Most Creative「最有創意單字」：

英　文	中　譯	備　註
pajamahadeen*	睡衣游擊隊（指的是穿睡衣在家寫新聞，批評主流媒體的部落格作者）	在下一冊書中將有詳細探討
hillbilly armor	土包子裝甲車（指的是美軍為對抗伊拉克的路邊炸彈，用破銅爛鐵保護己方裝甲車的裝備）	在下一冊書中將有詳細探討
lawn mullet	草地烏魚（指只整理前面、不整理後面草地的庭院）	在下一冊書中將有詳細探討
nerdvana	書呆子出籠（尤指任職電腦產業或沈迷電腦者）	在下一冊書中將有詳細探討

（註：標 * 者為該項目的「冠軍」新詞，未標 * 者則為「入選」）

附錄二：

字彙表 Glossary

A
abseiling / rappelling（游繩下降）
accountant（會計師）
acronym（頭字語）
action plan（具體行動方案）
activist（積極份子；行動主義者）
actor（演員）
actorvist（演員積極主義者）
ad / advertisement（廣告）
adult day care（成人日間照顧所）
aerobics（有氧運動）
after-school activity（課後活動）
-aholic（「對…上癮」字根）
airport（機場）
alcohol（酒精）
alcoholic（酗酒者；酒鬼）
A-list actor（當紅明星）
alternative（替代方案；其他可選擇的事物）
American Dialect Society（美國方言協會）
American Society of Journalists and Authors（美國記者作家協會）
American Society of Plastic Surgeons（美國整型醫師學會）
American supremacy（美國至上；美國霸權）
Americanization（美國化）
animal rights（保護動物權利）
animal-right activist（主張動物權利的積極份子）
animator（動畫繪製者）
anorexia（厭食症）
anorexic（厭食症患者）
anthrax（炭疽病毒）
anti-Bush（反布希）
anti-spim software（防垃圾即時簡訊軟體）
anxiety（焦慮感）
architect（建築師）
Arnold Schwarzenegger（阿諾·史瓦辛格）
aroma（香味；芳香）
aromatherapy（芳香療法；香薰治療）
artificial light（人造光）
Ashlee Simpson（艾希莉·辛普森）
ass-hat（蠢蛋）
assisted living housing（支援性住宅；輔助生活居所）
assisted living（老人養護；協助性護理）

B
baby boomer（「戰後嬰兒潮」世代出生者）

bagel（貝果）
bandwagon effect（電子花車效應）
banner（橫幅；旗幟）
bar code（條碼）
battery powered iron（靠電池發電的熨斗）
battleground state（戰場州）
Bay Area（美國加州灣區）
Beverly Hills Institute of Aesthetic and Reconstructive Surgery（比佛利山莊美
學與重建手術機構）
Bill Clinton（美國總統柯林頓）
Bill Gates（比爾‧蓋茲）
bio-（「生物」的字根）
Black Hawk Down（電影「黑鷹計劃」）
Black power（黑人力量）
black-water rafting（地底下激流泛舟）
bling / bling bling / bling-bling（招搖、醒目的首飾或裝扮）
B-list / C-list actor（二線、三線演員）
blog（部落格；網路日誌）
blogger（在網路上寫日誌的人）
blood circulation（血液循環）
blood sugar（血醣）
blue chip（藍籌股）
blue state（藍州）
blue-collar job（藍領工作）
body cleansing（體內環保；身體清理）
body combat（戰鬥有氧）
Bollywood（寶萊塢影城；印度的電影或電影工業）
bomb（炸彈）
Bombay（孟買）
bootleg remix（私自混音）
botox injection（肉毒桿菌注射）
botox party（肉毒桿菌聚會）
botulinum toxin（肉毒桿菌）
Brazil（巴西）
breaking news（突發新聞；最新新聞）
breast augmentation / breast enhancement / boob job（隆乳）
brick（磚塊）
BRICs（金磚四國）
bride-to-be（準新娘）
bulimia（飢餓病；貪食症）
bungee jumping（高空彈跳）
Bush administration（布希團隊）
Bushism（布希語錄）
business model（企業營運模式）
business outsourcing（企業委外）
butt implant（隆臀）
buzzword bingo（流行語賓果）
buzzword（流行語；關鍵字；閃亮動聽的詞；行話）

C

Cable News Network /CNN（有線新聞電視網）
calamity leave（災難假）
California（加州）
call center（客服中心）
Cameron Diaz（卡麥隆·迪亞茲）
canoeing（划獨木舟）
cardiovascular（心與血管的；循環系統的）
Carmel（加州卡美爾鎮）
carnivore（肉食者）
Catherine Zeta-Jones（凱薩琳·麗塔瓊斯）
celebreality series（名人真人秀系列節目）
celebreality show/ celeb-reality show/ celeb reality show（名人真人秀）
celebrity（名人）
certified（有照的）
chad（小紙片）
cheddar cheese（巧達起司）
chemical peel /face peel（換膚）
chemical waste（化學廢棄物）
Cher（雪兒）
China（中國大陸）
chips（洋芋片）
chocoholic（嗜吃巧克力的人）
church-goer（上教堂者）
Cincinnati（辛辛那提市）
cliché（陳腔濫調）
clinic（診所）
Clint Eastwood（克林·伊斯威特）
CNN effect（CNN效應）
Coca Cola（可口可樂）
Cold War era（冷戰時期）
collagen injection（膠原蛋白注射）
collision（撞擊）
colon hydrotherapy（灌腸；大腸水療；浣腸治療）
colonization（殖民）
colonized people（被殖民者）
colonizer（殖民者）
comb over（從一邊橫跨頭頂梳到另一邊）
comb-over / bar-code hairstyle（條碼式髮型）
community protest（社區抗議行動）
computer animator（電腦動畫者）
congressman（國會議員）
Conservative（保守派）
constitution（憲法）
Consumer Confidence Index（消費者信心指數）
convergence（趨同；一致性）
core（核心）
core business（核心事業）
corporate governance（企業管理）

cosplay contest（漫畫、電玩角色扮演比賽）
cosplay（漫畫、電玩角色扮演）
cosplayer（漫畫、電玩角色扮演者）
costume party（化妝舞會）
costume play（戲服表演）
counterfeit（偽造的）
credibility（信任；信賴）
Crouching Tiger, Hidden Dragon（電影「臥虎藏龍」）
cult activity（熱門的時尚活動）
customer-oriented（客戶導向的）
cyber（網路）
cyberpark（電腦網路園區）
cybersquatter（網路蟑螂）
cybersquatting（網路搶註）

D

Daihatsu（大發汽車）
dancercise（跳舞操）
data embedding technique（資料嵌入技術）
David Beckham（大衛·貝克漢）
debit card（簽帳卡）
decapitation（斬首；殺頭）
decapitation strike（斬首行動）
Delaware（狄拉威爾州）
delicious（美味可口的）
Dell Computer（戴爾電腦）
Democratic Party（民主黨）
demystify（啟蒙；解開謎底）
denigrate（詆毀）
Denver（丹佛）
de-policing / depolicing（降低執法；不執法）
detoxification（排毒療法）
developing country（開發中國家）
diabesity（糖尿病加肥胖症）
Dick Cheney（美國副總統錢尼）
DINK / Dual Income No Kids（頂客族）
disaster（災難）
diversity（多樣性）
divider（分裂者）
domain name（網域名稱）
Donald Rumsfield（美國國防部長倫斯斐）
dot bomb / dot-bomb / .bomb（倒閉的網路公司）
dot com（網路公司）
dove（鴿派）
downshift（迴游）
downshifter / down-shifter（迴游人）
downsize（緊縮編制）
drafter（繪圖員）
dumb（愚笨的）

dumbed down generation（當迷世代）
dumbing down（當迷化；笨蛋化）
dumping（傾銷）
duppie（呆痞族）
duty（職責；責任）

E

eating disorder（飲食失調）
economic recession（經濟蕭條）
electoral votes（選舉人票）
electricity（電）
Elizabeth Taylor（伊麗莎白‧泰勒）
embed boot camp（隨軍採訪新生訓練營）
embed（隨軍採訪的記者；嵌入）
embedding（隨軍採訪）
Eminem（饒舌歌手阿姆）
empowering（賦予權力；自我培力）
Enronomics（安然經濟）
entertainer（演藝人員）
epidemic（流行病；傳染病）
equal employment opportunity（公平就業機會）
era（時期）
Erin Brockovich（電影「永不妥協」）
Espresso（義式濃縮咖啡）
essential oil（精油）
estate heir（財產繼承人）
Estee Lauder（雅詩蘭黛）
e-tailer（網路零售商）
etiquette（禮儀）
outhanasia（安樂死）
exit poll（出口民調）
extension cord（延長線）
extreme fasting（極端斷食）
extreme ironer / extreme ironist（極限燙衣服者）
extreme ironing（極限燙衣服）
extreme sports（極限運動）
extreme tourism（極限旅遊）
extreme tourist（極限旅遊者）
eyelid surgery（將下垂眼皮往上的手術）

F

face lift（拉皮）
facial profiling（面相描繪）
Fahrenheit 911（電影「華氏911」）
fashionable（具流行感的）
fat farm（減肥中心）
fat tax /fat food tax / fatty food tax / obesity tax / junk food tax（肥胖稅）
fatigue（精神不濟）
faux（假的）

fauxhawk / fin / Beckham（貝克漢頭）
Ferraris（法拉利跑車）
fifty-fifty（五五波）
fin（鰭；假的摩霍克頭）
flash ad（flash 廣告）
flexitarian（彈性素食者）
floating ad（浮動式廣告）
Florida（佛羅里達州）
fluctuation（波動；變動）
fluff up（使蓬鬆）
foam party（泡沫派對）
font embedding（字型嵌入）
food taboo（食物禁忌）
Forbes（《富比世》雜誌）
Ford（福特汽車）
Fortune（《財星》雜誌）
Fox News（福斯新聞）
Frank Sinatra（法蘭克‧辛那屈）
freegan（嗟來食者）
fruitarian（只吃水果者）
fruitarianism（水果主義）
fur（皮毛）
furkid / fur kid / fur-kid（有毛的小孩）
fusion food / fusion cuisine（融合菜式；無國界菜式）
fusion（熔解；融合）

G

gas station（加油站）
General Motors（通用汽車）
generator（發電機）
geothermics（地熱）
ghost work（鬼工作；額外的工作）
glass ceiling / glass ceiling effect（天花板效應）
global epidemic（全球傳染病）
Global Positioning System / GPS（全球定位系統）
globalization（全球化）
globe（全球）
globesity（肥胖全球化）
glocalization（全球在地化）
Goldman Sachs（高盛投資集團）
governator（州長終結者）
governor（州長）
grain（穀類）
Grammy Awards（葛萊美獎）
granny leave（老奶奶假）
grass-roots activity（草根活動）
grazing / grazing diet（少量多餐飲食法）
green power（金錢魔力）
grey hair（白頭髮）

grey power（銀髮實力）
grief tourism / dark tourism（悲傷旅行）
grief tourist（悲傷遊客）
Gross Domestic Product / GDP（國內生產毛額）
group discount（團體折扣）
gymnast（體操選手）
gymnastics（體操；健身術）
Gyneth Paltrow（葛妮斯‧派特蘿）

H

hair coloring（染頭髮）
halftime performance（中場表演）
hand-me-down（一個傳一個的舊衣服）
hand-me-up（上一輩撿下一輩的舊東西）
hanggliding（懸掛式滑翔翼）
Harry Potter（《哈利波特》）
haute couture（高級訂製時裝）
hawk（鷹派）
hazardous（有害的）
headache（頭痛）
headhunter（獵人頭公司）
hidden camera（隱藏式攝影機）
high-tech（高科技）
hi-low（高低運動）
hip-hop（嘻哈；街舞）
hoax（惡作劇）
holiday resort（度假勝地）
home party（轟趴）
Honda（本田汽車）
horizontal（水平方向的）
hot desk（熱門辦公桌）
hoteling / hotelling（辦公室旅館）
House of the Flying Daggers（電影「十面埋伏」）
housetraining（訓練寵物大小便）
HP（惠普）
Hsinchu Science Park（新竹科學園區）
human resource / HR manager（人事室主管）
humanitarian aid（人道救援）
hurry sickness（急驚風；匆忙病）
Hyaluronic Acid（玻尿酸）
hybrid car / hybrid vehicle / hybrid（油電混合式汽車）
hybrid（雜種；混血）
hydrotherapy（水療）
hyperlink（超連結）
hyperactive child（過動兒）
hyper-parent（過動管教孩子的父母；過動管教）
hyper-parenting / hyperparenting（過動管教方式）
hysterical misstatement（可笑的口誤）

I

identity theft（盜用他人身分犯罪）
identity（認同）
illegal pirating（非法使用盜版軟體）
IM / instant message（即時簡訊）
immune system（免疫系統）
India（印度）
indicator（指標）
industrial park（工業園區）
inflation（通貨膨脹）
Information Fatigue Syndrome（資訊疲勞症候群）
in-home service（駐家服務）
initiative（創始；主動的精神）
innovative（創新的）
inside information（內幕消息）
insider trading（內幕交易；內線交易）
insulin（胰島素）
insurance claims processor（保險理賠處理員）
integrate（整合）
Irangate（伊朗門）
irritable mood（易怒的情緒）

J

Jamaica（牙買加）
Janet Jackson（珍娜‧傑克森）
jargon（行話；專用術語）
jazzercise（爵士操）
jeans（牛仔褲）
Jennifer Lopez（珍妮佛‧羅培茲）
Jessica Simpson（潔西卡‧辛普森）
Jet Li（李連杰）
job fair（就業博覽會）
job spill / job-spill（工作溢出）
John Kerry（約翰‧凱瑞）
Judas biography（叛徒自傳）
Judas（猶大）
Julia Roberts（茱莉亞‧羅勃茲）
Justin Timberlake（賈斯汀）

K

karoshi（過勞死）
kid（小孩）
kimochi（「奇檬子」；心情）
knowledge angel（知識天使）
knowledge economy（知識經濟）
Kung Fu Hustle（電影「功夫」）
kung fu（功夫）
kuso（庫索；惡搞）
Kuwait（科威特）

L

laid–off（被裁員的）
landfill（垃圾掩埋場）
landscaping（景觀設計）
laser hair-removal（雷射除毛）
latte factor（拿鐵因素）
Latte（拿鐵咖啡）
lawyer（律師）
leadership（領導力）
leading lipstick indicator（引領口紅指標）
leave（許可；請假）
left-wing star（左翼明星）
left-wing（左翼；左派）
leisure sickness（休閒病）
Liberal（自由派；改革派）
Lionel Richie（萊諾‧李奇）
liposuction（抽脂）
lipstick effect（口紅效應）
littering（亂丟垃圾）
localization（在地化）
logistics（運籌；後勤）
long-term（長期的）
lottery winner（彩券得主）
lottery（彩券；樂透）
low-level crime（小罪）

M

macrobiotics（長壽飲食）
Madonna（瑪丹娜）
makeover（改造）
makeunder（畫淡妝改造）
malfunction（故障）
manicure（修指甲）
manscape（修剪男性的體毛）
manscaping（男性體毛修剪）
mash-up（混搭聯唱）
mass（大眾）
masstige（大眾精品）
matchmaking（配對）
materialism（物質主義）
maternity leave（母親的產假）
Matrix（電影「駭客任務」）
meeting（會議）
Merriam-Webster's Collegiate Dictionary（韋氏字典）
metabolism（新陳代謝）
metrosexual（都會性別人）
Microsoft（微軟）
migraine（偏頭痛）
militarism（黷武主義）

millennium bug（千禧蟲）
millionaire（百萬富翁）
millionerd（百萬書蟲）
misestimate（估計錯誤）
misjudgment（誤判）
mission（任務）
misstatement（口誤）
Mohawk（摩霍克族）
mood change（情緒起伏）
Moulin Rouge（電影「紅磨坊」）
mountain climbing（爬山）
mousse（慕絲）
movement（運動）
muggle（麻瓜；不會魔法的人）
multiculturalism（多元文化主義）
muscular pain（肌肉酸痛）
musical（音樂歌舞劇）

N

Nancy Reagan（南西‧雷根）
NASCAR Dads（改裝車賽車迷爸爸）
Native American（美國印地安原住民）
neo-conservative / neocon（新保守主義者）
neo-conservatism（新保守主義）
nerd（書呆子）
network（人際關係脈絡；網狀組織）
networking（人際關係脈絡）
newlywed（新婚者）
news coverage（新聞報導）
Newsweek（《新聞週刊》雜誌）
Nicolas Cage（尼可拉斯‧凱吉）
Nicole Kidman（妮可‧基嫚）
Nicole Richie（妮可‧李奇）
NIMBY（「鄰避」；社區捍衛）
NIMBYism（「鄰避」心理；「鄰避」主義）
nip tuck / nip and tuck（整型手術）
Nissan（日產汽車）
nose op / nose job / nose reshaping（重塑鼻型）
nursing home（老人療養院）

O

obesity（肥胖症）
object embedding（物件嵌入）
offshorable（可離岸性的）
offshore income（境外所得）
offshore logistics management（海外運籌管理）
Offshore Services Department（離岸業務廳）
offshore trade（離岸貿易）
offshored（被轉移至國外的）

offshoring（離岸性）
Ohio（俄亥俄州）
oil exporting country（石油輸出國）
oil spill（油輪將油漏出海面）
older sibling（哥哥姊姊）
on call（隨時待命的）
online scam（網路詐騙）
on-line search engine（線上搜尋引擎）
-orexia（「食慾」的字根）
organic food（有機食物）
ortho-（「正統；正當」的字根）
orthorexia nervosa（對健康飲食的神經過敏）
orthorexia（健康食品症）
orthorexic（健康食品症者）
osteoporosis（骨質疏鬆症）
outsourcing（委外；外包）
overeating（暴飲暴食）
oxygen bar（氧氣吧）
oxygen machine（私人氧氣吧）

P
pale（蒼白的）
pan-blue alliance（泛藍聯盟）
pan-green alliance（泛綠聯盟）
panic attack（恐慌侵襲）
paparazzi biographer（狗仔傳記作家）
paradigm（範例；典型）
paraplaning（高崖跳傘）
Paris Hilton（芭麗思・希爾頓）
partnership（合作伙伴）
party animal（派對動物）
paternity leave（父親的產假）
pattern（模式）
Paul Wolfowitz（美國國防副部長伍夫維茲）
pedicure（修趾甲）
personal care home（私人看護中心）
pescetarian（只吃海鮮與素食者）
pet（寵物）
petrol（汽油）
phenomenon（現象）
philistinism（庸俗主義）
phish / phisher（網路釣魚者）
phishing / carding / brand spoofing / hoax e-mail（網路釣魚）
phone scam（電話詐騙）
photographer（攝影記者）
Pilates（皮拉提斯）
pilot program（測試活動）
pink slip（解雇通知書；開除）
pink-slip party（失業聚會）

plastic surgery（整型手術）
Playboy Magazine（《花花公子》雜誌）
plugged-in compulsion（連線瘋）
plump up（使⋯ 更飽滿）
politainer（政治藝人）
politically incorrect（政治不正確）
politics（政治）
popcorn（爆米花）
popular culture（流行文化）
pop-under ad / pop-under（背顯式廣告）
pop-up ad（彈出式廣告）
post production（後製）
power plant（電廠）
power yoga（強力瑜珈）
practice（執業）
pre-emptive self-defense / pre-emptive strike / pre-emption（先制防衛）
prestige（名聲；魅力）
primp（打扮）
Prince Charles（英國查理王子）
Princess Di / Princess Diana（英國已故黛安娜王妃）
pro same sex marriage（支持同性戀結婚）
proactive（主動積極的）
pro-choice（支持女性墮胎自主）
professional（專業的）
professional wrestling（職業摔角）
profiling（描繪）
pro-independence radical（急獨）
processor（處理員）
protest march（抗議遊行）
protest vote（抗議票；賭爛票）
pro-unification radical（急統）
Public Broadcasting Service / PBS（美國公共電視台）
punk（龐克音樂）
puppy leave / peternity leave（照顧小狗假）
purchasing power（購買能力）
pure oxygen / plain oxygen（純氧）
purple state（紫州）

Q
quality management system（品管系統）
Queen Elizabeth（英國伊麗莎白女王）
Queer Eye for the Straight Guy（電視節目「酷男的異想世界」）
queer（同性戀者，具有強烈貶意）

R
racial discrimination（種族歧視）
racial profiling（種族描繪；種族定性現象；選擇性執法）
racist（種族歧視者）
radiologist（放射科醫護人員）

rap（饒舌）
raw foodism（生食主義）
reality show /reality TV（真人秀）
reality（現實；真實）
real-time（即時的）
recovery period（恢復期）
recruiting professional（招募員工專員）
red state（紅州）
regrettable（令人遺憾的）
Repetitive Strain Injury / RSI（手腕症）
resource（資源）
respectable（體面的；上得了檯面的）
retirement home（退休中心）
right-wing（右翼；右派）
rock climber（攀岩者）
rock climbing（攀岩）
Rolex（勞力士錶）
roller coaster（雲霄飛車）
Ronald Reagan（美國總統雷根）
round-the-clock broadcast（二十四小時、不分晝夜的報導）
R-rated（限制級的）
Running of the Bulls（奔牛節）
Russia（俄羅斯）

S

SARS（非典；急性呼吸道症候群）
scam（詐騙）
science park（科學園區）
scientist（科學家）
screen sickness / computer screen sickness（螢幕病）
scuba diving（水肺潛水）
Seattle（西雅圖）
security check（安檢）
selective disengagement（選擇性不參與）
self-confident（自信）
shark cage diving（吊籠觀鯊）
shaving（刮毛）
shelf life（保存期；有效期）
Silicon Valley（矽谷）
silver ceiling（銀髮天花板）
silver century（銀色世紀）
skiing（滑雪）
skin cancer（皮膚癌）
sky diving（高空跳傘）
skydive（高空跳傘）
skyscraper ad / skyscraper banner（直立式廣告）
skyscraper（摩天大樓）
sleep disorder（睡眠混亂）
sleeve（衣袖）

slim（苗條的）
slimnastics（減肥有氧）
smoking pot（吸大麻煙）
sneaker（運動鞋）
sneaker millionaire（穿著運動鞋的百萬富翁）
snob effect（虛榮效應）
social（社交的；聯誼性的）
Somalia（索馬利亞）
Sonny Bono（桑尼‧波諾）
SOP / Standard Operation Process / Standard Operation Procedure（標準作業流程）
sore throat（喉嚨痛）
South Africa（南非）
South Dakota（南達科塔州）
spam（垃圾電子郵件；寄垃圾郵件給…）
spammer（發送垃圾電子郵件者）
spearhead（先鋒）
special effect（特效）
spim / spIM（垃圾即時簡訊）
spimmer（發送垃圾即時簡訊者）
spoof（愚弄；欺騙）
spray-on tanning（噴霧式日曬法）
stamina（精力）
Starbucks（星巴克咖啡）
start-up（新興公司）
step（階梯運動）
Sting（史汀）
stock option（認股權）
straight（異性戀的）
straight guy（異性戀男）
strategy（策略）
stroller（嬰兒車）
strollerobics（嬰兒車有氧運動）
sudden wealth syndrome（一夜致富症候群）
summer camp（夏令營）
Super Bowl（美式足球超級盃）
superficial（表象的；膚淺的）
Superman（電影「超人」）
surgiholic / plastic surgiholic（整型上癮的人）
swing state（搖擺州；游離州）
Swingers（電影「求愛俗辣」）
sync up（協調；同步）
synergy（綜效）

T

tactical detachment（戰略上的超然）
Tai Bo（有氧拳擊）
talk show host（脫口秀主持人）
talk show（脫口秀）

tan（日曬顏色）
tanning machine / tanning bed（日曬機）
tanning salon / tanning center（日曬沙龍）
tanorexia（日曬狂熱）
tanorexic（日曬狂）
tax professional（稅務專員）
team building（團隊合作）
technical writer（科技報告寫作員）
technology（科技）
teenager（青少年）
Terminator（電影「魔鬼終結者」）
Territory（美國未列為州或省的領土）
terrorism（恐怖主義）
terrorist（恐怖份子）
text（傳送文字檔訊息）
The Economist（《經濟學人》）
the Fab 5（「酷男的異想世界」五位酷男的封號）
the first Gulf War（第一次波斯灣戰爭）
the Third World / Third World country（第三世界國家）
the tip of the iceberg（冰山的一角）
The US Equal Employment Opportunity Commission（美國雇用機會平等委員會）
therapy（治療；療法）
thrill seeker（追求刺激者）
tofurkey（素火雞）
Tom Hanks（湯姆・漢克斯）
Toyota（豐田汽車）
Trade and Industry Secretary（貿易工業大臣）
training base（訓練基地）
transcriptionist（資料繕寫員）
Treaty on the Limitation of Anti-Ballistic Missile Systems（限制反彈道導彈系統條約）
trendy（時髦的）
tribe（部落）
T-shaped worker（T 型員工）
tsunami（海嘯）
Tupperware party（保鮮盒或鍋碗瓢盆的直銷會）
type T personality（T 型性格）

U

unauthorized（未經過授權的）
underestimate（低估）
underwear（內衣褲）
unemployment rate（失業率）
uniform party（制服派對）
unilateralism（單邊主義；片面主義）
uniter（團結者）

V

vegan（純素食者；完全素食主義者）
vegetarian（素食者）

venue（場所；地點）
vertical（垂直方向的）
victim（受難者；犧牲者）
Vietnam war（越戰）
Virginia（維吉尼亞州）
virtual office（虛擬辦公室）
vision（願景）

W

waiver（同意書）
Wall Street Journal（《華爾街日報》）
Wall Street（華爾街）
wardrobe malfunction（衣服故障）
wardrobe（衣服；衣櫃）
waste incinerator（垃圾焚化爐）
Watergate（水門案）
waxing（上蠟脫毛）
weapons of mass deception（大規模欺騙武器）
Weapons of Mass Destruction / WMD（大規模毀滅性武器）
web（網路）
wedding（婚禮）
white-collar job（白領階級工作）
white-water rafting（激流泛舟）
Whitewatergate（白水門）
whole milk（全脂牛奶）
wingman（僚機；僚機駕駛員；男陪伴）
wingwoman（女陪伴）
win-win situation（雙贏局面）
wire-fu（鋼絲夫）
Word of the Year（年度風雲單字）
workaholic（工作狂）
World Bank（世界銀行）
World Cup / World Cup tournament（世足賽）
World Health Organization / WHO（世界衛生組織）
World Trade Orgnization / WTO（世界貿易組織）
World War II / WWII（第二次世界大戰）
World Wide Web Effect（網際網路效應）

Y

Y2K（公元2000年）
yettie（年輕科技公司老闆）
younger sibling（弟弟妹妹）
yuppie（雅痞）

Z

zhuzh / tjuzs / zhoozh（打點衣著或頭髮，使之具流行感）

《字典不能教你的——英文超新詞》
第二冊精采新詞預告（節錄）

air rage（n.）機上憤怒
alcopop（n.）水果酒
alternative therapy（n.）另類療法
ambulance chaser（n.）趁火打劫者
angel investor（n.）天使投資者
angel（n.）美伊戰爭中殉職美軍的美稱
B.E.（n.）前「安然」時期
backdoor draft（n.）秘密徵兵
baked potato（n.）看電視吸毒者
biostitute（n.）生化科「妓」
bioterrorist（n.）生化恐怖份子
blog-（n.）以「網路部落格」為字首的字
body-Nazi（n.）運動狂熱者
booth bunny（n.）攤位女郎
bootylicious（adj.）前凸後翹的（身材）
bounty hunter（n.）賞金獵人
brain circulation（n.）人才迴圈；人才巡迴
brandalism（n.）廣告污染
buckraker（n.）撈錢記者
Bushism（n.）布希主義
butt call（n.）屁股電話
camgirl（n.）攝影機女孩
carb-friendly（adj.）低碳水化合物的（飲料或食物）
cinematherapy（n.）電影治療
civil union（n.）同志婚姻
clone & kill（n.）複製器官殺人
Coca-Colonization（n.）可口可樂殖民
Commander-in-thief（n.）行竊總司令
copyleft（n.）對有版權的軟體進行複製及改動
covert couture（n.）看不出來的高級時裝
dashboard dining（n.）儀表版吃飯
death care industry（n.）死亡產業
eco-tech（n.）生態科技
erototoxin（n.）春宮照毒藥
fat farm（n.）減肥中心
fetch（adj.）酷到不行的；in 到不行的
flash campaign（n.）快閃運動
flexplace（n.）彈性工作地點
flip-flopper（n.）反覆、搖擺不定的人
freegan（n.）嗟來食者

Generation D（n.）數位世代
headshop（n.）迷幻商店
hillbilly armor（n.）土包子裝甲車
involuntary euthanasia（n.）非自願性安樂死
Jesusland（n.）耶穌國
jetiquette（n.）機上禮儀
laundry bar（n.）洗衣吧
lawn mullet（n.）草地烏魚
manga（n.）日本漫畫
meet-up（n.）群眾聚會
megaversity（n.）超級大學
middle youth（n.）中青年人
moffice（n.）行動辦公室
muggle（n.）麻瓜；不會魔法的人
multipath movie（n.）多路徑電影；多情節互動電影
nap nook（n.）小歇角落
nearshoring（n.）近岸性
nerdvana（n.）書呆子出籠
pajamahadeen（n.）睡衣游擊隊
partner reduction（n.）離婚或結束感情的美稱
PGST（n.）非時節蔬果
red chip（n.）紅籌股
screen sickness（n.）螢幕病
secondary virginity（n.）二次童貞
Silicon Alley（n.）矽巷
slumpflation（n.）蕭條膨脹
snob hit（n.）虛榮電影
space sickness（n.）宇航病
stalkette（n.）女跟蹤狂
stealth wealth（n.）秘密富有
suicide bomber（n.）自殺炸彈客
surrogate mother（n.）代理孕母
tankini（n.）休閒泳裝
therapeutic cloning（n.）醫療性複製
togethering（n.）與家人或朋友度假
Type A personality（n.）A 型性格
typosquatting（n.）打錯字搶註
vanity sizing（n.）虛榮尺碼
Viagra divorce（n.）威而剛離婚
weapons of mass deception（n.）大規模欺騙武器
weddingmoon（n.）婚禮蜜月旅行
whitelist（n.）安全名單
winter blue（n.）冬日憂鬱